Le premier oublié

第一個被遺忘的人

Cyril Massarotto

希里爾・馬沙霍朵　梁若瑜／譯

目次

第一部分

第二部分

第一部分

1 驟變

湯瑪斯

那一天的三年後

「媽媽，早安。」

「您是誰？」

就這樣，我的天地瞬間驟變：短短的一句話，使我成了第一個被遺忘的人。

瑪德蓮

那一天

這天，我正從大賣場走出來。噢，只是很普通的一天，沒什麼特別的，去補買週末要用的一些東西：買一些蔬菜，不是有機的，就只是一般蔬菜；還有買雞肉，和一些蕃茄。湯瑪斯自從在學校學到以後，便一天到晚跟我說：「媽媽，我告訴妳，蕃茄是一種水果，真的！」從那時候起，我買菜列清單時，堅決再也不把「蕃茄」寫在「蔬菜」那一欄。我還買了幾條香蕉和一小網袋的蘋果。重點是，在我的環保購物袋裡，裝著兩瓶不時互相碰得叩叩響的厚玻璃瓶，是加拿大進口的楓糖漿，準備配甜點用的。這個楓糖呀，我的三個心肝寶貝最愛拿來加在水果沙拉裡，這種濃郁的糖漿儼然成了我們家的一種傳統，每當週日或節日，他們一起來家裡聚餐時，必定人手一盅浸泡在滿滿楓糖漿裡的水果丁。

蜜糖的小小奇蹟，就是能把任何大人瞬間變成小孩子。

我從正對著第二十六號收銀台——二十六是我的幸運數字，是我的結婚紀念日——的大門出來時，忽然想不起自己把車停在哪裡了。最近幾年，老是這樣，我常忘了車子在哪裡，記不清楚我把它停在哪條通道上。我一直都有點這樣，八成是遺傳自我母親，她在世時老是忘東忘西，經常把人名和日期搞混，永遠找不到鑰匙；我父親稱她「傻丫頭」，有好長一段時間，也不知為什麼，我以為丫頭是某種鴨子，聽起來很像嘛。但想不起來的事情總會慢慢想起來的，只要稍微專心想一下就行了；好啦，我到底把車停到哪裡去了，是靠右邊，購物推車的大遮棚那邊，還是靠左邊，愛心停車格那邊呢？我想不起來。慢慢來，別心急：一分鐘，不用，只要三十秒不到，一定就會想起來了。

向來都是如此嘛。

這一分鐘很漫長；它大概長達兩、三分鐘。雖然我耐著性子，卻什麼也沒想起來。我沒亂了方寸，最後決定在停車場裡隨意走走，這樣遲早會和我的車子不期而遇。就在我步上右側第一條通道時，忽然間驚駭得動彈不得：我發現，我最大的問題，其實不是不記得自己車子停在哪裡。不是的，真正的問題，是我甚至不知道我要找的，到底是一輛小紅車，還是一輛大藍車。

就這樣，這一天，我的天地瞬間驟變；我成了個健忘的人。

湯瑪斯

那一天的三年後

「媽媽，是我呀！湯瑪斯呀！」

「湯瑪斯，喔……湯瑪斯，呃，您是，呃……不，我不認識您。」

為什麼是我？為什麼她忘記的偏偏是我？當然，我們早就知道會發生這種事，我們打從一開始就通通知道了，當時院方——以我們的例子而言，所謂的院方是個雙手太短的褐髮小胖子——就已經戰戰兢兢地向我們說明過，說我們可憐的母親會很辛苦，說我們也是，說這病情只會每況愈下；我們知道衰退的過程，知道病情的每一個不同階段，知道自主能力將如何逐漸喪失，我們知道一些很刺耳的詞彙，像是失認症、失用症或失語症和生命期望值。沒有什麼比生命期望值這個詞更矛盾的了：如果有人跟你談這件事，那就是已經沒什麼好期望的了；說穿了，只剩等死，而唯一僅存的期望，就是期望這死別太緩慢，也別太痛苦。

所有這些事，我們早就知道了，至少**我**早就知道了，我接受了，反正也沒得選擇。可是就算我接受了，也決沒想過會遇上這種情況呀！決沒想過自己竟會成了第一個被遺忘的人！

這種事怎麼可能會發生？她不論怎樣也不可以忘記**我**呀！

「先讓妳看一下電視，待會兒就會好點了，妳會認得我的，一定會的。」

「現在幾點？」

「媽媽，現在是早上九點，我昨晚回我家。妳有睡嗎？」

「我不知道。」

「妳一定記得吧，昨天晚上，我就在這裡陪妳，現在早上我又來了，每天都是這樣呀！喏，我去幫妳領藥來了。」

「喔，您是來幫我打針？」

「打針？打什麼針？」

「噢，我哪知道呀！拜託請您讓我好好看電視。」

這一刻，我的心彷彿被甩了一巴掌：今天自從我來了到現在，她一直都是說「您」。我的母親稱我「您」。昨天晚上，我還是她的兒子湯瑪斯，但今天早上，她竟然對我用敬語。才不過一個晚上，她的腦袋裡怎麼沒有我了呢？

打針，應該是她剛剛幫我打了一針才對：不是回神針，而是遺忘針。而且我覺得她把針插在我兩眼之間了，因為痛得要命呀；我瞪大眼睛想讓痛楚消退，但痛楚好像有點向兩側流淌。

「拜託，我又不是醫生！媽媽，妳看著我。先把電視遙控器給我，我把它轉小聲一點。妳看著我。媽媽，妳認得我吧，對不對？我不是來打針的，我是妳兒子。妳知道的，我是湯瑪斯，妳最愛的兒子呀！沒啦，我開玩笑，妳愛我們三個愛得一樣多，對不對？妳的三個心肝寶貝呀！妳的三個小孩，妳都愛得一樣多，對不對？妳跟我聊聊妳的小孩吧，然後就會想起來了。」

「我的小孩？對，我有小孩，有！」

「很好，講給我聽！」

「老大是勞伯特，在我結婚後整整九個月出生！他就是俗稱的新婚之夜寶寶。噢，您都不知道，勞伯特小時候去上學以後，就變得很討厭自己的名字。我明明有跟我老公說，用爺爺的名字替他命名實在不是個好主意，可是他爺爺是戰死的，又是為國捐軀而獲頒過勳章的，所以囉，身為退役軍人的孫女也不能說什麼，所以還是把他取名叫勞伯特了。有很長一段時間，他都要別人叫他鮑伯，因為他發現在美國，大家提到演員勞伯狄尼洛時，都是稱他鮑伯。但後來，他長大以後就不再介意了，現在他又叫做勞伯特。」

「很好，很棒。」

「他是法院執達員。相信我，那是個很好的工作，連我們作父母的，賺的也沒他多。您一定不知道，可是對一個作母親的來說，看到自己兒子的人生有所成就，是很欣慰的，甚至是很驕傲的。」

知道，我知道。我的第一本小說出版時，我爸媽呀，他們就很引以為傲。尤其是爸爸，我的那些書，他讀了又讀，都比我還熟了。媽媽也很引以為傲，但她比較內斂。她要我替她簽名的那一天，起先我還以為她在開玩笑，結果發現她是認真的，我好像花了一星期才想出要題什麼辭給她。唯一能給自己母親題的辭，是感謝；努力想盡辦法讓自己活著，還有什麼別的方式比這更能感謝自己的母親？於是我寫道：**獻給我的母親，她沒問過我是否想要活，但她每天都有辦法讓我期盼明天**。她讀的時候沒說什麼，我猜她感到失望吧；一句簡單的**我愛妳**，想必更實在得多。我媽呀，對這種題辭根本不在乎吧；但想當然爾，我從來沒親口跟她說過**我愛妳**，所以叫我用寫的就更那個了。

「既然說到驕傲，說說妳的下一個孩子吧！把他的事通通講給我聽！」

「然後，是我女兒，茱莉葉。」

「不對，在茱莉葉之前！」

「勞伯特嗎？我剛講過啦！」

「對，但勞伯特之後呢？」

「之後就是我女兒茱莉葉呀！」

才不是，靠，勞伯特三年後是我呀！有我，然後再過兩年，才輪到小妹茱莉葉呀！

「妳說說她吧……」

「您知道嗎，我女兒呀，她很乖呢，她開了自己的不動產經紀公司，工作很忙，但她幾乎每天都會來看我！」

哪有，才不是這樣的！她只有週末才來！是**我**每天都來，只有我隨時在這裡，另外那兩個，他們住得太遠了，他們永遠都工作太忙，他們永遠沒空，媽的！我每天隨時都在這裡！我他媽的天天都來，而妳竟然不認得我了？

「對，媽媽，但這兩個孩子中間，在勞伯特和茱莉葉中間，還有一個誰？還有一個誰呢？……」

她沒回答，只是望著我，一臉茫然。

「還有我呀，媽媽！妳的兒子湯瑪斯呀！妳的作家兒子呀，妳老是說：『這孩子堅持要當藝術家，害我很煩惱耶，像他的哥哥和妹妹，至少不用擔心沒飯碗！』可是後來，妳看到我上電視以後，還記得嗎，妳好驕傲，隔天我回來的時候，妳還坦言，說當藝術家其實是妳小時候的夢想，說妳很嚮往繪畫，可是家裡太窮了，說窮人家裡養不起畫布和畫筆！怎麼樣，妳想起來了吧？妳的二兒子，妳的藝術家作家兒子呀！來，快回想一下，妳有三個孩子：勞伯特、我，和茱莉葉！妳自己說一遍：妳先是生了勞伯特，然後……」

「茱莉葉……」

實在很可怕，但有那麼一秒鐘，我好想甩她巴掌。又響又亮的一巴掌，就像電影裡那樣，好讓她元神歸位。

「嗯，好啦。茱莉葉，勞伯特……這些不重要。」

我好想什麼都不管，只生氣大哭，像個受傷的小男生那樣嚎啕大哭，好讓她看到我有多難過，讓她看到她把我弄得多難過……

「不然，還好嗎，媽媽？妳今天除了看電視，還做了什麼？」

瑪德蓮

那一天

我倚靠著購物推車遮棚的壓克力牆面，購物袋擱在兩腿之間；我正在經歷最可怕的一種恐慌，感覺自己內心一片茫然，完完全全的茫然，腦袋裡有個無底大洞。彷彿我要發瘋了。那輛該死的車，到底長什麼樣子呀？我想到一個辦法，或說是一種直覺，驅使我把整件事從頭回想起。我相信，如果依時間順序列出我所有的車子，一定會有所幫助。第一輛呢，我當然記得，是我用幫忙採收葡萄和送報紙打工所存的錢買的，是一輛破銅爛鐵，不值幾個錢，一輛很小的飛雅特，車身的漆實在太斑駁了，以致於媽媽和我呢，我們倆忍不住拿刷子一起把它重漆了一遍。我選了黃色，我覺得這顏色應該會很特別。結果慘不忍睹，某些地方還可見到隆起不均勻的乾硬油漆痕跡。我仍記得很清楚，這輛飛雅特連一年都沒撐完，據說是鍊帶耗損太嚴重，斷了，也把引擎毀了。於是我又找到一輛愛快羅蜜歐，車齡幾乎一樣老，但比較漂亮一些，也省得我自作聰明重漆了。過了幾個月，我把它賣了，因為這期間，我認識了麥克斯，我們一起買了一輛幾近全新的漂亮福特……

我的思緒在此當下打住：我想到辦法了！打電話給麥克斯，問他我們的車子是哪一款！我來想個藉口，這樣他就不會覺得太奇怪，再說都這麼久了，他早就很習慣我的各種小怪癖……我把手伸進手提袋，撥開化妝包和眼鏡匣，然後手指直接握住了我的手機。我用拇指開啟了螢幕，然後開始瀏覽通訊錄裡的名字，A、B、C、D，那是一種特別的期待感，彷彿一想到能和他說話，讓我頓時安心不少；E、F、G、H，隨著字母一個個出現，我已經感覺到自己的心平靜下來，呼吸也變得平穩，這就是麥克斯效應呀，他總是能舒緩我，讓我變得平靜。I、J、K、L，終於，快到了，只要一通電話，所有煩惱都沒了，我不會把這件事告訴任何人，而且誰知道，說不定這種事再也不會發生？到了M這個字母，只有五個聯絡人：Maison（家裡）、Manucure（美甲師）、Médecin（醫師）、米羅和夢娜。我反覆看了又看，把小螢幕關掉又重新開啟：「美甲師」和「醫師」之間什麼也沒有。沒有麥克斯的Max。

麥克斯……

麥克斯？

腦袋好像要燒起來了，因為我不但忘了自己的車子是哪一款，居然還把老公的名字忘了。

湯瑪斯，
那一天的三年後

她向我描述她的這一天時，只用了兩句話，中間還隔了漫長的三十分鐘沉默，她說她只有看電視，其他什麼也沒做。我稍等了一會兒，親吻了她的額頭，然後就離開了。她向我說了聲客氣的「再見」。沒有人跟自己的兒子講話會客氣。

剛才這幾分鐘，我一直都壓抑住了，但這下子我受不了了。我狠狠踹了垃圾桶一腳，朝全世界聲嘶力竭吼了一聲「媽的」，還有無盡的淚水。

這不是真的。這不可能。太不公平了。她居然把我給忘了，我耶。**我**可是排行中間的小孩耶。不論怎麼想都沒道理呀！按照醫師們的說法，這個該死的病應該會先侵蝕最近期的記憶：如果是這樣，年紀最小的茱莉葉，才該是最先被她忘掉的！可是偏偏沒有，她連她的職業都記得！

當然，打從一開始，醫師就有告訴過我們，每一位病人的病情未必會按照相同的模式發展——某天，某位算是擁有某種特殊幽默感的醫師曾對我說：「這方面嘛，要我說的話，算是每個人有每個人自己的阿茲海默症啦！」這個自以為搞笑的傢伙，我會很樂意賞他一巴掌。所以很有可能，媽媽的情況是回憶的兩頭都受到侵蝕，舊回憶和新回憶同時受到影響：那麼媽媽的回憶會從開頭開始褪色。如果是這樣，年紀最大的勞伯特應該最先被忘記才對呀！

要嘛是茱莉葉，要嘛是勞伯特，我左想右想都覺得這樣才對！所以，搞什麼？為什麼是我，媽的！為什麼偏偏是排行中間的我，這從醫學上根本說不通呀！除非……

除非，或許她的腦袋會篩選。可用的容量越來越少，所以它就選擇性失憶。它依重要性的不同，選擇保留或捨棄。顯然我呢，我不如我哥哥或妹妹來得重要：它進行冬季大掃除，我便是第一個被掃掉的人。

其實很簡單嘛：媽媽愛我愛得比較少。我在她心中佔的位子最小，所以在腦袋裡佔的空間也最少。

最不被疼愛，所以第一個被遺忘。這樣就很說得通了。然而三年前，事情真正發生時，她卻是打電話給我。

不是打給勞伯特。

不是打給茱莉葉。

是打給我。

瑪德蓮

那一天

我好害怕又好茫然，差點以為自己要昏倒了；然後我心想得打電話給湯瑪斯，他一定能理解的，他會來接我，我會把實情一五一十告訴他，讓他知道就算了。我會把這幾個月來不敢讓大家知道的事情、不敢讓我自己知道的事情，通通坦白告訴他。一定要一吐為快，我受夠了。以我現在所處的這個情境，腦袋裡千萬個疑問翻來覆去，雙腿越來越無力，身體漸漸順著所倚靠的透明壓克力牆板往下滑，別人來插入銅板，一面拉開小鍊子取購物推車，一面對我投以異樣眼光，我非面對不可。我非說出來不可。

在我手機螢幕上，我從字母M一路滑到T，一面祈求裡面真的有湯瑪斯的Thomas，並祈求湯瑪斯真的是我兒子。R、S，接著是T：鬆了一口氣，有他。我按下綠色話筒的圖示，把手機貼到耳朵，手指感受到順著太陽穴流下的汗水。

「喂？」

「湯瑪斯？」

「是。」

「我的兒子湯瑪斯？」

「對，媽媽，怎麼了？」

「你快來接我。事情不太對勁。」

他沒多久就趕到了，大約十到十五分鐘吧，但我的狀況仍沒好轉。一位路過的婦人覺得我看起來怪怪的，說要拿水給我喝，我接受了，她拆開一組六瓶裝小瓶純水的塑膠外包裝，遞了一瓶給我。我向她道謝，把水喝了，繼續等兒子。我盯著停車場入口，一看到他的車子——他的車子，我倒是一眼就認出來了——我就站起來，拉整了一下衣服，又撥了撥頭髮，免得自己看起來太狼狽。我朝他揮手，但他沒看到我，繼續開到更遠的車道去。我看到他的車子遠離又掉頭回來，於是我朝他的方向揮手揮得更大，並墊起腳尖；他終於看到我了。他朝我閃了兩次大燈，像在眨眼睛一樣，我這才把腳跟放回地面。我的腿有點痠。到了我面前，他伸直又長又細的手臂，替我打開副駕駛座的車門，我在他身旁坐了下來。

「妳怎麼了，拋錨了嗎？怎麼剛才都不肯告訴我？」

我請他在稍遠處停下來，他在快到加油站前把車靠邊停。我要他把車子熄火，我說這說起來得花一點時間。我向他娓娓道來，從頭說起，至少是從我所記得的頭說起。我說個不停，終於能暢所欲言，感覺真好。我滔滔不絕，描述得鉅細靡遺，甚至有一種奇妙的感覺，覺得關於自己遺忘了什麼，我好像一丁點都沒漏掉。他不發一語，只靜靜聆聽；過了一會兒，他開啟車子的故障燈。我前前後後講了一個鐘頭。

「很誇張，我居然以為你爸爸叫做麥克斯，還在手機裡搜尋麥克斯這個名字！」

「媽媽，可是爸爸的名字確實是麥克斯呀！」

「啊，你這麼說，我就放心了，所以我沒發瘋嘛！又是這支手機在耍……」

「媽媽，爸爸去年夏天過世了。」

2 謊言

瑪德蓮

那一天

湯瑪斯開車直接送我去醫院。我看著他和醫師會談了許久，我則坐在走廊上一張椅背壞掉的椅子上等待。我兒子好幾次以手掩面，他閉上雙眼，胸膛因吸氣而挺起，然後又吐氣而變得有點駝背。我則根本嚇壞了。我很怕醫生，因為我知道湯瑪斯在跟他說些什麼：湯瑪斯正在把我在車上說過的話再說一遍。他正在把**真相**告訴醫生。

這個真相就是，幾個月以來，我常忘掉事情。不像以前那樣，不是的，不是之後就會想起來的人名或鑰匙那樣。不是的，我真的忘掉了。我忘得一乾二淨，像個無底黑洞一樣。我自己一個人在家裡，經過廚房，發現有個鍋子正在爐子上煮水。必然是我把鍋子擺在那裡的，但我怎麼也想不起當天自己曾經從上面的櫃子拿出鍋子、把它盛滿水，曾經拉開右邊的抽屜、抓一把粗鹽，再把鍋子放到爐子上。我也常忘掉談話內容，有些事情，顯然大家都認為我昨天或甚至幾個鐘頭前才說過或做過，他們在我面前聊起，但我簡直想發誓，從來沒有這回事。我從來沒有當著所有家人的面打破過那個盤子，我從來沒說過想要去看那部電影，我從來沒有把那瓶酒收進浴室裡的櫃子；然而，確實有呀。所以，我只好自圓其說，我會說「噢是呀，當然囉！」或「哎呀，我開玩笑的嘛！」幾個月以來，我把待辦事項通通記在小本子裡。起先，只是記一些我怕忘記的小事；但最近這段時間，我幾乎無所不記。我知道這樣的行為不太正常。然而，這些跡象，我選擇視而不見：我寧可採取拖延戰術。我很樂意蒙上眼睛。

醫師會見了我，開始詢問關於我遺忘和記憶流失的情形：我回答說我這方面沒有什麼問題，「沒有呀，醫師，也許偶爾有一、兩次啦，但也很少，仔細想想，其實幾乎沒有。」

他和湯瑪斯互看了一眼。湯瑪斯對我說：「拜託，媽媽……」但我低頭不語，他沒再堅持。

後來醫生想知道，我最近這段日子處理生活上的一些小事情，是否有遇到障礙；我跟他說：「沒有呀，醫師，一點障礙也沒有。」

他再次看了看湯瑪斯；這次，換我兒子低頭不語了。

過了一會兒，他翻找口袋，用一支像會發光的原子筆的東西檢查我的眼睛；他要我在一張普通白紙寫下我的姓名和地址。湯瑪斯問他接下來會發生什麼事，以及還有什麼**別的**可能。醫生看了看我，沉默了許久，嘆了一口氣。我實在不知道該對他這漫長的沉默和嘆息作何感想。

然後他回答說，像我的這些症狀，有時可能是一些各不相同的身心因素造成的，譬如腦中風，「我最近確實經常偏頭痛，噢！這裡！對，我覺得應該就是這樣的」，譬如甲狀腺的問題，「說得對極了，醫師，我祖母以前也有過這種問題，真的」，譬如維他命B12不足，「啊，醫師，這真的很有可能，我的B12大概攝取得不夠」，或許甚至可能是憂鬱症，「醫師，您這麼說很有道理，我先生去年夏天才剛過世，這樣非常合情合理呀！」

他向我擠出一抹小得不能再小的笑容，比面無表情還更沒表情，然後他告訴我，接下來幾星期將讓我進行各式檢查。我跟他說，當然，我願意接受檢查，但依我的看法，甲狀腺、憂鬱症、B12那些的，應該就已經很夠他下診斷了。

於是他站起來，走了三步，送我們出診療室，他伸長手臂指向出口。我們握手道別；我的手冒著汗。

湯瑪斯

那一天的三年後

從好幾個月以前，早在醫師診斷之前，甚至一年多以前，勞伯特、茱莉葉和我，就已經知道媽媽的情況不對勁。她經常說話詞不達意，有時顯得無精打采，彷彿恍神了，有時又易怒而兇巴巴的。她向來喜歡讓家裡一塵不染，後來家裡卻出現一些污漬，有時沒掃地，家具上面和下面都逐漸累積灰塵。她遺忘事情已是家常便飯，所以有時多忘一點，或有時少忘一點，我們倒也沒有大驚小怪。此外，向來那麼好笑的她，後來失去了幽默感。最後，我們自己深入長談之後——但絲毫鼓不起半點勇氣，哪怕只是試著和她提起這個話題也沒辦法——我們的結論是，由於爸爸過世，她正在經歷一段憂鬱低潮期。我們真是三個不學無術的臭皮匠，自以為有了網路和網路上成千上萬的網站和討論區，就能不靠醫生。

也必需說，媽媽呀，也難怪她正經歷低潮期，也難怪她不想再說笑，爸爸過世這件事，當然是個原因；尤其是他過世的過程、他是如何當著我們的面消逝，彷彿是在我們懷裡過世的一樣。譬如我呢，從那之後，再也無法寫作，只要我一靠近電腦想打幾行字，眼淚馬上嘩啦嘩啦流不停。勞伯特呢，根據嫂嫂告訴我的，他是借酒澆愁，至少，她面露不悅地強調說，他比平常喝得更多了些。至於茱莉葉，我不知道，茱莉葉她反正從來不談傷心事，所以我猜她大概加倍工作，把自己一天的總工作時數增加到二十八小時，或甚至三十小時吧。

如果他的死，對我們三個的打擊都這麼大了，那麼媽媽所受的打擊簡直難以想像，三十八年的共同生活，其中包括三十七年的婚姻，都還沒歡慶六十歲大壽就已經成了寡婦，偶爾忘掉兩、三個字，也是無可厚非嘛！這正好說明了為什麼她說話時越來越少玩文字遊戲、越來越少講冷笑話，越來越常喜怒無常，且偶爾出現奇怪的想法，不是嗎？

結果並不是的。是否認的心態，才會讓你以為，從你媽媽口中說出一個不存在的字詞，譬如「服他維」，是她笨拙地為了逗你笑，才發明的新詞彙。是鴕鳥心態，才會讓你在她浴室發現一把菜刀時，忍不住嘆氣搖頭且嘴角泛起微笑。

是愛和害怕受傷害，讓你閉上了眼睛。

三個號稱聰明的成年人，自以為只要不去在意，這些不正常的事情就會自己消失不見，對於居然會出現這種荒謬又不負責任的行為，還有另一種解釋，那就是神奇念力。某方面來說，算是我們對抗成人世界僅存的一點赤子之心吧。我們每個人都使用神奇念力，我們當中某些人甚至天天用到。一個在等A的撲克牌玩家，會在心裡對正要翻起來的紙牌說「一張A，一張A，拜託，一張A」，彷彿他的思緒有辦法影響已經握在他手中的紙牌。簽樂透的人也是這樣，他會對電視機說「來吧，給我一顆二十八號吧！」彷彿那台開獎機聽了會想「啊，好吧，既然是電視機前的阿班要求的，那我就來出一顆他要的二十八號吧！」我爸爸向我解釋神奇念力這檔事的時候，我訕笑不已，我心想，這些人噢，實在是……後來有一天，他因為要出席一場會議，只好看球賽數個小時後的重播，看到他聲嘶力竭替自己所支持的橄欖球隊加油，我忍不住對他說：「爸爸，你這樣替他們加油很蠢耶，比賽早就結束啦！」我話音一落地，立刻就發現了自己的荒謬：我確實認為加油可以幫助球隊贏球，前提是必需現場即時加油。神奇念力這種事呀，原來我也是相信的。我也是一個**這些人**。

我們都是些好好的普通人，勞伯特、茱莉葉和我呢，我們以為只要不翻開**媽媽的病**這張牌，就能達到保護她的效果。

大錯特錯。

3 結果

瑪德蓮

那一天的六個月後

短短幾個星期已足以排除腦中風、維他命B12、甲狀腺和憂鬱症等那些假設。不過憂鬱症呢，我的確是有的，但它並不是我生的病，而只是其中一個症狀而已。

我做了一大堆書寫和視覺方面的檢查，他們甚至還要我解習題，就像以前上學時那樣。有好幾排單字的一些奇怪考試。

然後終於，診斷結果出爐。

阿茲海默症。

當然，這我從一開始就知道了，但我說什麼也不肯賦予這個病一個名字。我甚至光是連「病症」這個詞都不願去想。但就這樣了，事實擺在眼前。

阿茲海默症。

是依發現這病的人，或發明這病的人，或描述了這病的人而命名的，我不知道怎麼講才對。醫院發給我們幾張宣導摺頁，孩子先拿去讀了，讀完後他們試圖掩飾看了令人害怕的驚慌和難過，摺頁上面說，了不起的阿洛伊斯・阿茲海默醫師發現，如果罹患了這種尚無藥可治的神經衰退病症，腦皮質會逐漸萎縮，最先受影響的是內額葉，尤其是海馬迴，兩者都是掌管記憶的重要區域。在一個小框框裡，一段斜體字寫說，如果罹患了阿茲海默症，腦部細胞會開始衰退並死亡。簡化成這樣，至少醫師解釋起來並不複雜，病人理解起來也並不困難。

為求簡單扼要，甚至可以把全文濃縮成四個字：腦袋萎縮。然後，這樣病了一陣子以後，人就死了。

阿茲海，默默死掉了。

呵呵，這個還滿好笑的。我忍不住想，像我這麼喜歡玩文字遊戲和說冷笑話，這會不會是我的最後一個笑話。一定會很好笑，或很可悲，見仁見智囉。

我的目光不禁被這份摺頁上的一組圖片所吸引，一邊是一個正常腦部的剖面，一邊則是罹患阿茲海默症的腦部。我忍不住莞爾，因為生病的腦袋又癟又皺，很像一顆萬聖節南瓜。彷彿它在扮鬼臉一樣。

我也覺得，一個人被取名叫阿洛伊斯・阿茲海默真是奇怪。如果我小的時候，班上有同學叫做阿洛伊斯・阿茲海默，我一定會故意鬧他，喊他作「阿阿」。再說，他大概真的很希望別人感激他，才會願意拿自己的名字替這麼糟糕的東西命名。真是一種很奇怪的流名後世的方式。

怪怪的喔，這傢伙。

我知道自己生病了，也明白了這個病的原理；我想，得知生病的消息時，我應該滿鎮定且滿勇敢的。

再聽後續的解說就比較困難一點，因為某方面來說，這要怪我：我太自欺欺人，拖延了太久，結果跳過了前期和早期，直接被診斷為所謂的中期。因為以阿茲海默症的語言來說，「中」和字典裡的意思完全不同，「中」不是中庸或中等的意思；而是嚴重的意思，是晚期的前一期，晚期又叫做末期。這一期至少字面上語意清楚多了。

就是這樣了，我正處在末期的前一期。已經來到失智的開端了。我也去查了字典：失智，確實與發瘋是相同的意思。

湯瑪斯

那一天的三年又六個月後

正式確診為阿茲海默症之後，我腦海裡浮現的第一句話，再普通不過了：**一切再也和以前不一樣了。**

以前。

以前媽媽還認得我。因為最糟的不是她認不得我；真正的悲劇，是她根本不知道我是誰了。

以前。

以前一切都好。才不過五年前，我大概是全世界最幸福的人之一。我三十年來平步青雲，而且不是隨便哪一朵青雲，而是福星高照且照得很亮的那一朵。對，真的，我不是因為如今烏雲罩頂了，開始懷念從前了，才回過頭來說當年有多好，不是的，我當時就很清楚知道自己有多麼快樂、幸運、順遂。到頂了。我有一對堪稱典範的父親和母親，一直以來都無懈可擊；我有一個哥哥和一個妹妹，他們當然有他們的缺點，但他們真的也很棒，而且重點是，我的女友漂亮、有趣、體貼、善解人意，且床上功夫一流。除此之外，我的寫作生涯三年來算混得不錯，作品陸續出版中——這意味著我已經一千多個日子不用上班，完全就是我人生的美夢成真——我有很多朋友，很開心，常一起吃大餐，也有我自己一個人的時候，但那是因為我想要獨處。人生如此，夫復何求？沒有，老實說，沒什麼好求的了。這就是完美人生。

然後有一天，人家把你一條腿砍了；你父親死了。一年半後，人家告訴你，你的另一條腿壞死了，沒救了；再過不久也得把它砍了。

短短十八個月之間，你在人生中的漫步忽然喊卡。沒辦法再前進了，可是才不久以前，你還能看到前方那邊所有一切的可能。而且這條路走起來感覺挺好的。

這條路呢，有一部分算是我父親替我鋪好的。當然，我對此渾然不覺，他不說人生大道理，不會動不動就發表長篇大論；沒有，他只以身作則而已。直接去愛，別囉哩叭唆；將心比心，別批判太多；常相聚首，多多分享和歡笑，別太計較。

如果你從小就經常這樣耳濡目染，那麼可說根基已經紮好了，前途一片光明。我也知道，很多人會說，只要和父親感情好，只要一路順遂，那麼父親當然很棒，這樣很正常呀；但我呢，我有證人。這並不是一種盲目，就像所有作父母的都有一種天生的本能，會覺得自己的寶寶是全世上最可愛的寶寶，哪怕這個小傢伙某些地方皺皺的、某些地方腫腫的也一樣，不是的，我父親真的很特別，有點像所有嬰兒的父母總會站在同一個繈褓前說：「啊，這個真的是最可愛的，他是獨一無二的」那樣。下葬的那一天，有很多人來跟我握手，跟我說我父親改變了他們的一生，說他是無可取代的。我不知該說些什麼，他當然改變了我的一生，他當然是無可取代的。

儀式過程中，在這混亂的一天，他有一位朋友說了唯一一句有道理的話：**如今不是一個人過世了，而是一棟大樓倒了**。他說得很貼切：我父親是一棟大樓，我們好多人都住在裡面。所以他的心臟停止跳動後，我們流落街頭，把我們的愛像包包一樣揹在背上。再也沒有人夠寬厚偉大，能和我們分享這份愛；於是我們知道，他的逝去將永遠像重擔一樣壓在我們肩上。

我父親是在我生日那天下葬的：有些人認為這是一種徵兆，是他最後一次向我致意，好告訴我他有多愛我、對我的書和我正起步且前途看好的寫作生涯多麼引以為傲；很多人不論什麼蛛絲馬跡都可以看成徵兆，「世上沒有巧合啦！」可是我呢，從來就不知該對此作何感想。

幸好這些人沒看到其餘的事，因為不然的話，那些徵兆呀、那些「世上沒有巧合啦」，可有得他們看了。它們通通收錄在我的第一本小說裡，也是我父親最喜愛的一本。

那些徵兆從來沒有人發現過，譬如我父親是六十歲過世，小說的主角同樣也是六十歲過世。而且重點是，我身邊沒有任何人注意到，在這本小說裡，主角的父親是在他兒子生日當天過世的。

對此，我也不知該作何感想，頂多就是慶幸自己不太迷信，這樣也少了些理由去增加一些不必要的失眠。說到迷信，我覺得有趣的是，身邊所有那些在我父親過世時認為處處有徵兆的人，在我想不通為何自己會成為媽媽第一個遺忘的人時，居然也是他們劈頭就說：「這只是巧合，她生病了嘛，別把這當成徵兆或什麼的呀！」徵兆這檔事，真希望能有人跟我好好解釋解釋……原理是什麼，是可以自己選嗎？只要順我們的意，就是徵兆，不順我們的意，就什麼也不是，只是倒楣而已？

因為此時此刻，要是有人解釋給我聽，能向我證明徵兆真實存在且具有神奇力量，那麼我一定會拿出我最漂亮的筆寫一本書，書中我媽媽一點病也沒有，辭世時非常安詳，是在很高壽時的睡夢中過世的，也別太高壽了，譬如九十一歲之類的。我也會特別仔細挑選她辭世和葬禮的日子，會是一個在家族中不具任何意義的日期，譬如我就挺喜歡二月二十九日這個日子。我們家族裡沒有人是二月二十九日出生。而且這麼一來，只需要四年難過一次就好了。

可是沒有任何人向我解釋過什麼，我不得不面對現實：儘管從統計學的角度，媽媽確實有微乎其微的機率在二月二十九日這天辭世，但至於年齡就實在沒輒了。因為以媽媽的病情來看，她只能再撐個幾年；也許再

四、五年吧。「希望囉」，醫師曾這麼說。希望什麼？希望出現徵兆？

那本該死的書呀，或許我真該把它寫出來。

瑪德蓮

那一天的六個月後

我今年六十歲，我即將發瘋。發瘋是無可避免的：我得學會接受它。六十歲還很年輕呀，如今大家都這麼說。尤其是，以我的例子，我滿六十歲的時候——女人並不會**慶祝**自己六十歲了，就只是**滿**六十歲了而已——大家都告訴我「噢，哪有，妳看起來頂多頂多只有五十五或五十六吧！」所以，身為一個看起來像五十五歲，或頂多五十六歲的女人，教我如何能接受這折磨著我的失智症？

從那時起，一種奇怪的流程便自動登場了：有好幾個星期，我的每一個思緒，或所有的一舉一動，都變得疑神疑鬼的。心頭不間斷地浮現許許多多疑問：「我已經醃過肉了，可是我還想再加一點鹽，這是不是因為我瘋了，我今後會不會隨時隨地到處灑鹽？」或者是「為什麼我要搔耳朵，這已經是今天第三次了吧？瘋子都會有這種怪癖，老是重複相同的動作，這下子我真的瘋了！」又或是「我眼前所看到的，是真的嗎，還是只是因為我發瘋了？我兒子真的正在和我說話嗎，還是這是幻覺，就像瘋子會有的那種假想朋友？」過了一陣子，我心想，會把我逼瘋的其實是這些永無止盡的懷疑。

於是，我不再監控自己，我決定要盡量放輕鬆，好好享受現有的相對正常，並且相信如果要發瘋，以後多的是時間。

那個狡猾的傢伙，並沒有拖多久就來了：起先，我甚至沒發現它已經現身。

湯瑪斯

那一天的三年又六個月後

停車場的該死的那一天，媽媽後來其實很快就想起爸爸已經過世，傍晚，她甚至還沒到醫院就想起了她車子的款式和顏色。這讓人放心不少。

接下來三年當中，安排某一天或某一週的活動，即使是像算帳、做飯、繳帳單這類的簡單小事，她都明顯越來越有困難；聊天時，她越來越常恍神，有時會忽然冒出幾句奇怪的話或幾個聽不懂的字。顯然，她忘掉了很多很多事情，或通通混在一起；然而，在這我所謂的「第一階段」期間，我覺得她其實表現得挺不錯的，或至少，她的狀況沒有我想像中的差。

六個月前，「第二階段」開始時，也就是她把我遺忘了的那一天，我的人生當然發生了難以想像的驟變；但最令我錯愕的，是她的生活倒是一點都沒變。彈指之間，我從她的腦袋、從她的生活、從她的心中消失了，但除此之外，其他並沒有什麼太大改變。當然，當時我立刻打電話給她的醫師，請求做檢查；他顯得不太自在，試圖盡量清楚地告訴我，的確，並沒有跡象顯示她的狀況出現嚴重惡化，還說這一切——請容我引用他的話——屬於「病情的正常發展」。最好是啦，她把我忘掉了，偏偏忘掉我，可是除此之外，一切正常，一切照舊，她還記得一大堆事情和一大堆人，她甚至認得隔壁酒鬼鄰居家養的狗，還叫得出牠的名字飛飛！我母親把我忘了，我從她的人生中被抹去了，可是她居然完全記得小狗飛飛！然後竟然還有人敢告訴我說這樣並沒有任何異常？說這樣很**正常**？

有幾次，正確來說是三次，她曾當著我的面談起我。或應該說是她提到我的名字，因為我一直無法確定她到底是真的在談我，還在談別的和我同名的人。我每次都鼓勵她、詢問她，但沒辦法，來得快，去得也快。頓時之間，我不禁納悶她把我遺忘的這幾個月以來，她對於我天天陪著她究竟作何感想，我問她我是誰，問她是否認得我；她回答說認得，她認得我，我有時是「那個和善的年輕人」，有時是「那位護士」。我是她日常生活的一部分，如此而已。

我完完全全成了**一個外人**。**一個**，因為我是獨一無二的，永遠陪在她左右，而**外人**，因為我不存在。這是個徹徹底底的矛盾，卻是她每天最理所當然的生活。

當然，這個情況令我高興不起來，我願意付出一切好讓她想起我，但能夠陪在她身邊和幫助她，這一切對我也有好處。如果不能再看到她，那等於我壓根不存在了。再說，我原本以為情況會更糟得多，以為病情會很嚴重，結果到後來，發現情況確實還算正常，甚至可接受，我便偶爾還能不去想我母親罹患了不治之症。總之，我勉強過日子，甚至允許自己偶爾缺席一下，去參加了三場好心邀請我的書展活動。重溫過去的作家生活，讓我得以喘口氣。

是從某次書展回來，也是我成為第一個被遺忘的人的將近六個月後，事情才開始變得嚴重。是真正的生病，是煩惱的開始，是絕望的初兆。

簡單來說，就是最鳥的鳥事出現了。

當時是個週日晚上，我的火車奇蹟似地準時返抵家門，我把行李整理好，好好沖了個澡；我正吃到最後一塊冷凍披薩時，茱莉葉在我口袋裡震動了：「你在哪裡？」這個呀，完全就是茱莉葉的風格，急性子且有條不紊，她很清楚我的火車幾點到站，她等待了一段她認為合理的時間，但由於到了她預期的那個時間，依然不見我出現在媽媽家——這要怪披薩，把烤箱預熱總是需要老半天——她便開始緊張了。必需說，茱莉葉很少這麼長時間遠離她的孩子們、她的檔案，以及各式瑣事；她向來總是忙得停不下來，在媽媽家待上兩個整天，對她而言應該感覺特別漫長且困難。我趕緊把比薩吃完，不到二十分鐘後，我便已擁抱著站在大門口等我的妹妹。

「一切還順利嗎？」

「算是吧，我們幾乎沒做什麼，她也沒什麼動力就是了……你覺得真的有必要讓我從早陪到晚陪著她嗎？她幾乎不跟我說話，我覺得自己好像派不上用場。

「這很難說……」

「我是為了你才留下來陪她，但除了吃飯和吃藥以外，她並不需要我。我其實可以偶爾來幾個鐘頭，看看是否一切都好就行了，你不覺得嗎？湯瑪斯，我覺得她目前仍能夠自己生活……只要替她先把飯做好、把瓦斯切掉，再把幾樣危險的東西藏起來，以防萬一，這樣就好啦！但是她還沒到重度階段，這一點你和我一樣清楚！而且，你呀，該不會隨時都在這裡吧，有嗎？」

「……」

「真的嗎？隨時都在？」

「沒有過夜。」

「可是除了過夜呢，你每天都來？每天白天都陪在這裡？」

「對。但妳也知道，寫作的話，在這裡或在我家也沒差……」

「你在這裡有辦法寫作？」

「呃，沒有，暫時沒寫什麼……」

「我也是這麼想。」

「可是自從爸爸的事以後，我一直沒什麼靈感，妳也知道的……」

「我知道，可是我認為，你待在這裡並不會比較好。總之，我覺得媽媽不需要隨時有人看著，不過呢……她真的什麼都忘了，對不對？至少我自己這麼覺得啦，你覺得呢？」

「什麼叫做什麼都忘了？」

「以前的東西，以前的事情，這些呢，都沒問題，算是啦，她有時候會分不清某些名字或人，但她記得很多事情……我比較擔心的是，她會不記得自己剛剛才做的事。譬如你問她今天做了什麼，或這幾個星期做了什麼，她常只記得兩、三件事，想半天，什麼也答不出來，然後就轉移話題，或說她累了，然後……」

茱莉葉被媽媽的聲音打斷，媽媽從客廳那頭喊：

「是誰在那裡呀？」

「是我，湯瑪斯！」

「哪個湯瑪斯？」

我妹妹皺了一下眉頭，我回答說：

「就是照顧妳的那個護士啦！」

茱莉葉朝我胸口輕輕打了一下，因為她很不喜歡我和媽媽這麼說：對她而言，不論如何，我都必需再三告訴媽媽我是她兒子，就算媽媽聽不懂也一樣。我聳了聳肩，之前她無數次這麼告誡我時，我也都是這樣，她一面低聲對我說：「真不知道你怎麼受得了……」一面把我擁入懷裡安慰一下，幾乎算是加油打氣。這讓我感覺頗好，然後我去客廳找媽媽。她坐在小沙發上，這以前是爸爸的沙發，擺放正對著電視；她的雙腿伸長放在茶几上的一個小抱枕上，她穿著一件浴袍和一雙大襪子：這是我第一次覺得我母親老了。她看到我時，給了我一個燦爛的笑容；感覺她好像認出我了。她對我說：

「啊，是你呀！我好想你哦！」

她朝我伸長手臂，我的心頓時激昂起來：從她的眼神中，我清楚看得出她認得我。她很高興我來陪她，我感到自己眼眶濕了，可是忽然間，她停頓不動，彷彿痲痺了一般，眼神直直盯著我背後。我轉過頭來：只不過是茱莉葉而已，她剛披上了外套，正在調整包包的揹帶長度；她朝媽媽過來，準備和媽媽擁抱道別。

「好了，我該走啦，媽媽，換湯瑪斯陪妳囉！親一個！怎麼了，妳不親我一下嗎？」

「還敢要我親妳，妳這個賤人！喏，親這個吧！」

言談之粗魯，把我們嚇了一大跳，茱莉葉更是愣住了，完全沒看到我們的母親揮起手摑了她好大一耳光。媽媽的手打在我妹妹臉頰上，清脆的聲音在空中迴盪許久，茱莉葉一面後退，一面踢到茶几。有整整一秒鐘的沉默，一段宛如真空的時間，然後媽媽的聲音又吼了：

「還嫌不夠嗎，賤人？還要我再賞妳幾巴掌嗎？」

媽媽舉起了手，但這次我介入了，阻止了她。茱莉葉目瞪口呆向後退，媽媽則繼續破口大罵。

「賤貨，混蛋！」

「媽媽，拜託！妳冷靜一下呀！」

「王八蛋，混帳！」

「瑪德蓮！」

我喊了她的名字，喊得很大聲。她嚇了一跳，看了我一眼，我從來沒見過她露出這種眼神。她輕輕地說：

「可是……你為什麼……？」

她沒把話說完，很快起身，以一種奇怪的姿態，彷彿很狼狽似地，以小步伐奔向走廊。我們聽到她甩上房門，然後，沒有聲音了。我在沙發坐了下來，茱莉葉淚眼婆娑，一手摸著臉頰，來靠在我身旁：

「發生了什麼事？我做錯了什麼？」

「什麼也沒做錯……」

「她整個週末都好好的呀，我也沒對她怎樣……」

「茱莉葉，這不是妳的錯。」

她放下包包和外套，倚靠我的肩膀哭泣了許久。

她離去後，我自己一個人窩在沙發上睡覺。窩著睡覺，說是這麼說啦，其實根本沒闔眼，我忍不住想，怎麼可能會發生這種事，我親眼看到且不斷回想我母親的眼神，當下那一刻，她的眼睛是陌生人的眼睛，無比陌生。我想到茱莉葉，她從小就是模範女孩，長大直接變成模範女人，從來不曾被我們父母責備過，所以一個耳光，對她而言是想都沒想過的事。我猜她應該也無法成眠，我試著想像那個耳光和那一番話傷她傷得有多重。於是我忍不住哭了，為了一切曾想像過但將不會發生的未來而哭，也為一切無法想像但遲早要發生的未來而哭。夜裡，我起來過三、四次，或許五次吧，我去把耳朵貼在媽媽的房門上，說不定會聽到她也在哭泣？但沒有，一點動靜也沒有。

隔天早上，她起了個大早，這段插曲早就忘得一乾二淨。我問她週末和茱莉葉相處得如何，她說：「很好，茱莉葉對我好好哦！」然後就聊別的事了。顯然，她又記得自己的女兒了。我的心先是揪痛了一下，因為我沒有這麼幸運，沒能再度回到媽媽的思緒裡；但我很快就把這種想法拋到腦後，而開始感到害怕。其實是心痛多過害怕，因為就算不是醫生，也看得出媽媽昨天是失智發作了，這是她的第一次。而這只是個開端而已，以後的路還很漫長呢。

茱莉葉告訴我，那一巴掌到今天還在痛。

當然，我能感同身受；但要是她知道我現在每天過著什麼樣的日子……

事情發生得好快好快……

4 日常生活

瑪德蓮

那一天的一年後

我是否要發瘋了？我經常不知道今天是幾號，或現在是幾點。我閱讀完後，下一秒立刻忘記讀到了什麼。我指的還不是閱讀一本書，那根本想都甭想了，我指的只不過是電視節目週刊而已。我在看第一台將要播映什麼，才剛把週刊放下，我就忘掉了。於是，我把週刊又拿起來，但我忘了今天是幾號。所以我集中心神，努力回想，但我連自己到底忘記了什麼都想不起來，這一切令我心煩氣躁，於是我大吼大叫，把這該死的週刊撕爛丟掉。等冷靜下來，我難過哭泣。

我覺得自己好些了的時候，經常忍不住去讀其他病人的心情分享或醫療報導，想讓自己先有個心理準備。那很可怕，但我實在克制不了自己，就像有些人會把車速放慢，想看看事故現場，看看躺在地上、蓋了白布的機車騎士；我呢，也放慢了速度，也想看看，只不過白布下面的機車騎士呢，就是我自己。我對於自己有一種病態的好奇，這真是可怕。我知道自己將來會怎樣，我知道得一清二楚。當然，有很多種可能的形式——沒有誰的阿茲海默症和別人的一模一樣，這是這種病的一大特色——但大致上，我都知道。

重點是，有一點是確定的，就是我的腦袋會漸漸清空。這才是叫人最難接受的。得了阿茲海默症以後，我的記憶將慢慢變成寄居蟹：將來有一天，等它受夠了這個頭殼，它將徹底離開，丟下我無意識的軀體泡在水裡。

這就是最可怕的事：我知道自己將成一具空殼。

只要一想到這些事情——其實天天都會想到——我就會試著想想別的事，讓自己轉換一下心情，也順便讓這顆該死的腦袋活動活動。不曉得哪天我的記憶丟下我時，是否真的會像寄居蟹那樣，去找另一個更大、更適合、更舒服的空殼。有時候我會想，所謂的瘋子，其實是些空殼裡裝了好幾個像我這種的記憶，好幾隻寄居蟹在他們腦袋裡打架，所以瘋子當然瘋瘋癲癲的。以後我的記憶徹底拋下我的那一天，說不定它會跑去精神急診室，跑去某個男人的腦袋裡，這個人會說自己叫做瑪德蓮，說自己有三個可愛的孩子……別人會替他打一針，然後他和我將在大醫院裡，和其他太過擁擠的空殼一起，彼此試著和平相處。

然後，誰知道？假如他長得帥，說不定在他的腦袋裡，我們可以來一場黃昏之戀也不一定……

湯瑪斯

那一天的四年後

我決定今天起搬進媽媽家住。坦白說，我沒得選擇，前兩天，小時候偶爾照顧過我們的老鄰居瑪希太太告訴我，真的，媽媽的情況很不好。她越來越常大聲吼叫，尤其是夜裡，她會摔東西，把一些玻璃瓶或其他東西往窗外扔，雖然這一帶的人都認識媽媽，且滿喜歡她的，但已經開始出現閒言閒語，有人說要叫警察或消防隊來，好讓她安靜一點，或把她帶走一陣子看看。失智發作越來越頻繁，她經常對我破口大罵，有時會發脾氣，然後又平靜下來，幾乎恢復正常。但顯然入夜後的情況更糟。因此我想需要有人看著她，而除了我，還能是誰呢？

我和勞伯特談過這件事——媽媽一個月前曾罵他「沒種」，上星期另一次發作時則罵他「孬種」：我實在不明白她對我哥哥有什麼不滿——也和茱莉葉談過，他們認同媽媽需要有人看著。不過呢，他們認為，或至少茱莉葉認為，這件事不該由我來做，他們認為他們有能力花錢請人來，他們認為我已經每天白天陪著她，這樣夠辛苦了，所以晚上呢，應該請看護來。請人來看著我們的媽媽？請一個對她完全不了解，而我們也完全不了解的外人來？他搞不好會偷她的東西或虐待她，近來一天到晚聽說這種案例呀！不行，不行，這件事該由我來。而且至少，這樣也比較方便，我每天為了洗澡和睡覺，都必需往返我家，實在太麻煩了，如果搬來這裡，至少生活能比較穩定一點。

當然，得想一套說詞騙一騙媽媽。茱莉葉對我的說法根本不買帳，結果是勞伯特幫忙想辦法：「那個護士」現在變成全職的了，從現在起搬來家裡住，這樣更能好好照顧她。她大概已經很習慣天天看到我，聽了並沒有什麼特別反應。我真納悶她腦袋裡是怎麼想的：有個男的天天出現、喊她「媽媽」，現在還大剌剌搬進她家來，可是她毫無訝異之意。彷彿她並不覺得這是個問題；彷彿她已不再有任何問題。

勞伯特把我們準備的說詞講了一遍後，便幫忙我搬家，東西不多，主要是衣服和我的大電視；頓時之間，我發現我的住處大小適中，但家裡沒什麼東西，尤其因為艾瑪搬走的時候，一併帶走了她住在這裡時買過的無數小家電，「很正常呀，既然你不肯讓我分攤房租，我就負責買設備囉，除了你的微波爐，這裡沒有任何你的東西！」艾瑪呀，說話總是有點誇張；最起碼，我有一台電視，然後應該還有一些什麼別的吧。

回到自己以前的房間，感覺頗怪。我在父母家待到相當晚，一直待到二十七歲左右吧。我大可早一些離開，但我在那裡住得很舒服，並不急著一個人生活；茱莉葉比我更早就離巢了。

我把電視機放在床前方的矮櫃上，但願櫃子能承受得住它的重量才好。我把衣服一一掛到大衣櫃裡的衣架上，要掛很久，而且把衣服掛到衣架這件事，很快就變得很煩，尤其是襯衫，至少得把最上面的釦子扣上，還有就是你媽媽不斷在你背後碎碎唸說：「我女兒告訴我，您跟您女朋友分手了？她叫安娜，是嗎？她背著您偷吃對不對，又是個水性楊花的賤女人，又來了！」然後我還得回答她，已經分手一陣子了，而且她叫艾瑪，不叫安娜，安娜是我們的表姊，且據我們所知，她並不是個水性楊花的賤女人。其實，艾瑪也不是；艾瑪呢，我並未把她當成女朋友，而是把她視為我的準妻子。她離去時，也帶走了我一部分的靈感，就像爸爸一樣；自從他們不在以後，我就空掉了，我再也沒有什麼好說、沒有什麼好談、沒有什麼好創作的。然而，如果回到三年前，我會覺得自己構想太多了，多到幾乎得做出抉擇，得犧牲掉某些書，因為我深深知道自己沒有那麼多時間把它們通通寫出來呀！這些寫作構想，我依然清楚記得，但如今，它們已了無意義。在我眼中，那些故事已不值得寫，我拿它們沒輒了。說到底，我不知道靈感這種東西是否真的存在：也許只有想要或不想要而已。

等一切安頓好，結果其實沒有多少東西，勞伯特先回去了，我則躺在自己的床上，有點想試試看床墊是否仍堪用。**我的**床，**我的**房間。到了我這個年紀，說**我的**房間感覺很奇怪，因為家裡其他的空間並不屬於我。這樣自己好像變回小孩子，雖然我的房間早已不像小孩子的房間了。房間內的佈置將近十年沒變動過，媽媽擺了一些她自己的小玩意兒，窗簾顏色比以前的鮮豔；黑白格子的床罩則好像仍是以前的。

我躺了幾分鐘，然後才去客廳陪媽媽。我想要獨處，也說不上來為什麼，大概是一種懷舊的心情，想要回到十年前，回到曾在這個房間裡有過的快樂時光吧。當年，朋友們經常跟我說：「喂，湯瑪斯，你和大家一樣有一份工作了，那就和大家一樣，自己租個房子呀！幹嘛還賴在爸媽家裡呢？」以前，我不知道該如何回答這個問題。現在，我知道了。我在把握和父母相處的時光，我在享受他們的關愛；而且我是對的，太對太對了。我累積了許多回憶，如果不是這樣，我不可能擁有這些回憶，事後也無從彌補。關於光陰似箭和歲月如梭，想必可列出成千上萬的名言：詩人寫過千古傳頌的詞句，哲學家發表過鏗鏘有力的論述，歌手將這一切譜成膾炙人口的旋律；但關於時間，並沒有什麼好說的，因為時間不存在。時間，只是幾個物理學家發明的一種計算項目；對我們所有其他人來說，沒有所謂的時間，只有逐步逼近的死亡。所以，在死亡到來之前，要盡量累積回憶，回憶就是我們無人能奪走的寶物。

我呢，和我父母一起相處了這麼些年，累積了許多美好回憶，我在這方面非常富有。可是媽媽呢，她的回憶，依然被偷走了。我母親被阿茲海默搶了。那個王八蛋。

我躺在自己的床上，回憶著這一切；但從今以後，我完全不知將來會遇上什麼。

瑪德蓮

那一天的一年又六個月後

好了，我瘋了，我已經發瘋了。我原本覺得一切正常，忽然間，我發現我房間變得亂七八糟，我老公以前的西裝和領帶通通攤在地上和床上；還有些時候，我發現我家廚房裡到處都是已經在地下室堆了好多年的東西，譬如茱莉葉那輛有小輔助輪的粉紅色腳踏車，居然擱在桌子上，洗碗槽裡也堆了好幾本舊百科……我知道這一定是我弄的，家裡只有我，大門是鎖上的，我隨時都會去檢查，但我敢發誓，這不是我弄的。

前兩天晚上，一位鄰居來按門鈴，問我是否一切都好。我告訴他「很好」，他說他聽到喊叫聲，覺得不太放心，還說他太太堅持要他來看看我，像我這樣可憐的老太太自己一個人住，大半夜的，這年頭呀，凡事都很難說……喊叫的人是我，這是一定的，因為只有我住在這裡。可是那不是我。

我把所有東西搬來搬去，我鬼吼鬼叫，但那不是我。我什麼都不記得，而且呀，我從來就沒有把那些西裝和領帶拿出來過，我從來沒有對任何人大聲吼過，自己一個人就更不可能了，所以囉，我瘋了。

假如只是這樣，偶爾瘋癲一下倒也還無所謂，但事情不只如此。最讓我心痛的，是我在孩子們眼神中所看到的。有不捨，有恐懼，有悲傷，偶爾還有同情：這些都是愛的一種形式，但何其苦澀。

我一文不值了，一點用處也沒有了。我今年六十一歲，至少我記得的是這樣啦，而毫無未來可言。我的時間將一點一滴被瘋狂所蠶食，再過不久，我將一天發瘋一小時，說不定我早就是這樣了，然後會是兩小時，再來是一半的時間……最後我終將徹底瘋掉。時時刻刻都發瘋。我將成為負擔，成為孩子們的負擔，我可憐的三個寶貝孩子呀，我將成為社會的負擔，成為不知哪間醫院或哪間收容我這種白癡的機構的負擔，自己什麼也做不來，連吃飯或擦屁股都不會。這就是不久以後將會發生的事，將會有個我不認識的人，被聘請來替我擦屁股，而到時候的我已成了一個愚蠢又空洞的東西。

這就是我的未來嗎？這就是我出生的目的？我生來這個地球上，就是為了這樣的下場？可是為什麼？用意何在？還不如早點死掉，一了百了。

我經常有輕生的念頭，但我不能對孩子們做出這種事，那樣他們太可憐了；不然的話，他們將被迫接受我漫長的煎熬，所以我也不知道到底哪樣比較好。不如，趁我睡覺的時候，來個心臟病吧，再過幾個星期好了，趁我大多時候還神智清楚。這樣他們就有一個真正的母親可以懷念，她也許晚年出了點狀況，但她好愛好愛他們……

要是他們知道我有多愛他們就好了。一個作母親的，哪有辦法讓孩子明白自己有多麼愛他們？不治之症唯一的好處，就是讓人不用再偽裝，不用再過著自己好像永遠不會死的生活。一旦知道了自己正在死亡，就能面對現實。現在呢，我知道了，我面對了，可是叫我睜大了眼睛要做什麼呢？這樣有助於我說出什麼嗎？不曉得，也許我可以各寫一封信給他們，給他們在我離開的那一天讀，寫一封長信，把身為母親該告訴孩子的通通告訴他們，留給他們一個可以永遠收藏的告別，趁我現在還能做這件事，也許該來寫一下？因為我知道，再過不久，就會太遲了。再過不久，有些事我再也無法告訴他們，因為它們將不復存在。

對，或許我就要這麼做，給每個孩子寫一封信，等我死了以後，他們會知道我並沒有遺忘他們。而且，趁現在還可以，我要去買樂透彩，因為除了這棟房子，我沒有什麼可以留給他們；一棟房子如果要給三個人分，通常會被賣掉。我並不希望有陌生人住進這棟房子，這是麥克斯和我的**我們的**家，我們在這裡白手起家、打造了一切，我希望它繼續傳承下去，所以如果我中了樂透彩，就能再買兩棟房子。我在遺囑裡，要把這棟留給湯瑪斯：這裡仍有他的房間，所以他一定會留著這房子。

湯瑪斯

那一天的四年又六個月後

媽媽開始遊蕩，沒來由地走來走去。如今，幾乎每天夜裡都會這樣。她白天不時小睡一覺，偶爾打個盹，但到了夜裡，我也不知道怎麼回事，她好像被催眠了似的。常常，我在房間或客廳裡，等待這些年來越來越少出現的睡意降臨，然後就會聽到她房間的門把轉了，門開了。那門把呀，我有把它調得鬆一些，這樣媽媽開門時會比較大聲，我便能聽得比較清楚，比較來得及反應；每次我去看她，她要嘛在走廊上，要嘛在浴室裡，要嘛在任何地方：她很隨意地，在整個家裡漫無目的地到處逛來逛去。我嘗試和她交談，問她在這裡做什麼，她的回答通常可分為四大類：要嘛她不吭聲，要嘛她說她不睏而想要起來，要嘛她答非所問或語焉不詳，要嘛她對我破口大罵。當然，也有別種可能，就是她除了罵我還可能動手打我。也有不同的組合，譬如她說她不睏而想要起來，並且罵我又打我，或者她答非所問或語焉不詳，並且罵我又打我，還有些時候，她先罵我，說她不睏而想要起來，再以打我作收。

這便是她每天夜裡遊蕩的情形。

瑪德蓮

那一天的一年又六個月後

某個星期天，趁他們三個都在，等他們用湯匙把碗底的最後一滴楓糖漿刮乾淨後，我審慎斟酌用詞，詢問孩子們是否願意考慮看看，讓我在大限前先行安樂死的可能性，這種事在瑞士或比利時這些國家好像是存在的。我知道他們可能會出現不同反應，但仍暗自期盼他們能一致支持我：我立刻發現，他們完全不願談論這件事。尤其是茱莉葉，她非常激動，說我怎麼會去想那種事情，不可以去想那種事情，再說，如今科學越來越進步，假如好比說三年後，發現了能讓神經修復的方法，而我卻在六個月前「把自己安樂死了」，那不是很蠢嗎，而他們竟讓我去做了這種傻事，一定也會感到很難過、很有罪惡感。我沉默不語，轉向勞伯特，想聽聽他怎麼說：他比較認同茱莉葉的看法——勞伯特是老大，但他**每次**都認同茱莉葉的看法。我以眼神詢問湯瑪斯：他思索了一會兒，然後說能理解我產生這種疑慮，說這是人之常情，於是茱莉葉拉高了音量，就像她每次激動時那樣，她對湯瑪斯說不該去想那種事情，再說，隨著科學的進步，他們會想出修復神經的辦法，結果湯瑪斯打斷她的話，說這句話她十秒鐘以前就說過了，說她相同的話不用重複一直說，我感覺到湯瑪斯也激動了起來，我很瞭解他，湯瑪斯只要一激動，聲音就會變得低沉，他生起氣來是很悶、很內斂的。我請大家冷靜一點，他們並沒有冷靜下來，茱莉葉要勞伯特評評理，於是勞伯特說：「茱莉葉，妳說得對」，湯瑪斯故意學鸚鵡的聲音重複了一遍「茱莉葉，妳說得對」，勞伯特也生氣了，因為湯瑪斯小時候就曾這樣學鸚鵡嘲笑他，到了現在這個年紀，他應該會覺得丟臉吧。於是，我說我感覺不太舒服、有點頭暈，結果大家瞬間冷靜下來，茱莉葉去倒了杯水，兩個男生則扶我到沙發躺下，並拿抱枕墊在我脖子和腳下。

有時候，阿茲海默症還滿方便的：沒人想得到妳居然還夠聰明，還能裝病，還能用這種方法讓寶貝孩子們別再爭吵。

我暫時尚未發現別的好處。

湯瑪斯

那一天的四年又六個月後

這天夜裡，我又聽到手把轉動的聲音；但這次，我決定不要介入，不要試著和她交談或把她帶回她房間。我很好奇她會做些什麼；我也實在不想再被她打了。

我在一片漆黑的家裡，跟著她緩緩走來走去：她穿越了走廊，走得很慢，簡直像慢動作；她微笑著。到了門口一帶，她拿起矗立在大門旁的大花瓶裡的雨傘，對它特別關注，這把雨傘似乎令她著迷。她拖著雨傘，又繼續走，來到廚房；到了廚房，她開了燈，站在燈光下，閉上雙眼，臉上浮現笑容。這樣持續了幾分鐘，當中她幾乎一動也不動，但平常她很難在原地待著不動；然後她幾乎不著痕跡地轉向她的雨傘，喃喃說：「妳看，瑪妮，我沒騙妳吧？」

接著，她把頭抬向那盞燈，但這次她直視燈泡：為了怕她弄傷眼睛，這次我決定介入，我沒走進廚房，以免驚嚇到她，而從遠處輕聲對她說：

「媽媽，妳要把眼睛弄傷了，別這樣盯著燈看。」
「別煩我！」
「好，可是妳得答應跟我一起去客廳。妳要不要看一下電視？」
「哎。」
她口中的這個「哎」，意思通常是「也好」，也就是幾乎是個「好」，她已經越來越少說「好」了。我一手扶著她的手，一手扶著她的背，不是為了推她，而是給她力量幫助她往前走，我們一起在電視前坐下來，我第兩百次播放她最喜歡的電影。我把她雙腿放到茶几上。她對我說：
「您人真好，真是個好孩子。」
「謝謝……」
「您哭了？為什麼要哭？」
「沒什麼，媽媽，沒什麼。」
「一定是為了女生。像您這樣的年輕人，掉眼淚都是為了女生呀！」
「嗯，算是吧。姑且說，我是為了一個女人而哭。」

「她不愛您嗎？」

「愛，我相信她愛我勝過一切，但她想不起來了。她不記得了。」

「哎，您以後就會把她忘了……」

「忘記她？不會，不可能……」

「您怎麼還在哭？」

我現在一天到晚哭。我竟然也漸漸習慣了。最明顯的證據是，這些年，我身上隨時帶著一包面紙；以前我從來不帶面紙，尤其我從來不會感冒。現在，口袋裡隨時掏得出面紙，因為我太常需要擦眼淚了。愛你的人竟能惹得你這麼難過，真是不可思議。

這甚至是一種詛咒：他們雖然不願意，但被愛得最深的人，往往也是最殘酷的人；他們離我們而去時，為我們帶來最深痛苦的人，便是他們。我深愛我的父親，因而他過世的那一天，就在他死前幾分鐘，我想要和他談條件，那是個荒謬的構想，很離譜，但我對它深信不移。爸爸在加護病房已經待了一個月，大家努力想要讓他的心臟恢復正常，試著讓它能不靠儀器而自己跳動，這時一位醫生請媽媽、勞伯特、茱莉葉和我，到一間很小的資料室裡會談。資料室裡凌亂地堆著好幾疊卷宗，有一台很老舊的電腦，和滴滴答答聲音令人抓狂的空調——聽起來像在倒數計時一樣。那位醫生平靜地向我們說明，他態度和善且用詞審慎，但我才不管這些，他說一切能做的都已經做了，而儘管如此，就在今天，再過幾分鐘或幾小時，他的心臟即將停止跳動。醫生又說，好在我們都在這裡，都在他身旁，一起送他離開。醫生陪我們回到加護病房，並低聲向我們說了一句「如果你們有什麼問題的話」，令我火冒三丈。有的，你這混蛋，我有很多問題：你怎麼沒把我爸爸醫好，你怎麼沒讓他的心臟康復，像這樣的一顆心，愛過那麼多的人，當然耗損得比較快，比一般的心臟耗損得都多，你們這群沒用的東西，以前在學校沒學過怎麼治療這種心臟嗎？

當然，我什麼也沒說，我只是在心裡這麼想，同時身邊的一切彷彿瞬間崩塌，我走到他病榻前，床邊架設了一大堆儀器，各種管線插滿了他的嘴和皮膚。我們四人一起在他的病榻前，做全世上最糟糕的一件事：等待一顆我們所深愛的心停止跳動。

過程實在好漫長又好艱辛，就是那時候，我想到了談條件的事。雖然很荒謬，卻又再理所當然不過。我把臉湊到他耳邊，壓低聲音不讓任何人聽到，向他提議：

「爸爸，留下來，別走，求求你。我用其他人的性命來交換你的命。可以的，可以的，這是可行的，你留下來，讓別人替你去死，讓沒有你好的人替你去死，**讓我們不認識的人、我們比較不愛的人、那些不想活的人、那些不愛自己的人**替你去死。我們就這麼辦吧，如何？你慢慢醒過來，改讓幾十個或幾千個其他人去死，我才無所謂呢！死一整個城市或一整個大洲的人都行，但你要留下來和我們一起！我呢，可以去向他們解釋，我可以去告訴他們，為什麼該讓他們通通死掉而讓你活下來，我可以去告訴他們你是誰、為什麼這樣是值得的，我可以一一去拜訪他們和他們的家人，我只要跟他們講一講你的事，他們就能理解的。他們一定會同意的！求求你活下來……他們一定能理解的，我保證……」

他沒有聽到這些條件。或應該說，以我所認識的他，他一口拒絕了。最明顯的證據是，監控器上的曲線開始變慢了，護士小姐告訴我們，該向他道別了。從這一刻起，一切都發生得很快，凡事歷歷在目，像是今天一樣，像是現在一樣，媽媽握著爸爸的右手，茱莉葉握著左手，勞伯特握著他的赤腳，輕輕搓揉，彷彿想替他取暖，我則撫摸著他光禿的額頭，偶爾順勢撫摸他臉頰，想讓他舒服一些，我們每個人都哭泣著，我們頓失依靠，隨他一起墜落，心跳聲間隔越來越長，周圍的世界崩塌殆盡，我們有流不盡的眼淚，難以想像地傷痛欲絕，我們告訴他「我們愛你，我們愛你」，就連我也這麼說著，我們平常從來沒說過這種話，不需要，因為我們很清楚我們多麼深愛彼此，況且最後這幾年，我們打招呼或道別時也不再親吻臉頰了，我們只輕輕拍拍手臂；彷彿愛得越深，就變得越害羞似的。

但此時，在這最後的片刻，再也不害羞了，我拚命趕進度，短短幾秒鐘內，我跟他說了一輩子那麼多的「我愛你」。

護士把儀器關掉，告訴我們會讓我們和他獨處一會兒後，我仍繼續說著：「我愛你，我的爸爸，我愛你」，而且我繼續哭個不停。我們通通繼續哭個不停，繼續撫摸他的雙手雙腳和額頭，我們大可這樣繼續好幾個鐘頭，因為我們不想離開他，我們大可這樣繼續待上好幾天陪他一起死，因為我們好孤單，好心碎，傷心得無以復加。

如今，媽媽這個樣子，傷心的感覺不一樣；比較模糊，沒那麼劇烈。但這兩種傷心，可有哪一種比另一種好嗎？如果能選擇，要選哪一種：要被鐵鎚用力砸腦袋十下，每一次都痛徹心肺，但保證速戰速決，還是要一點一滴積年累月地汞中毒呢？

如果是我呢，我不知道自己會選哪一種。起碼，以我父母而言，兩種滋味我都嚐到了。某方面來說，這叫做兩全其美吧。

或該說是禍不單行。

5 其餘的事

瑪德蓮

那一天的兩年後

我拒絕遺忘。我全部都想要記得。好的、壞的，我全部都要，通通要裝在我腦袋裡，裝在我身為女人和身為母親的這顆心裡。我不許阿茲海默症奪走這一切，他不可以把我開腸破肚，不可以搶走我最珍貴的東西。因為，一天天下來，阿茲海默症不是奪走我的記憶，而是剝奪了我的靈魂。我的靈魂逐漸離開我的身體，但我明明就還活著。

阿茲海默醫師，恰恰是創造科學怪人的福蘭克斯坦醫師的相反：阿茲海默讓靈魂從一個活生生的軀體剝離，瘋狂的福蘭克斯坦醫師則是將生命賦予一個死亡的軀體。

所以我拒絕。我要反抗。我要保留每一個時刻、每一段回憶。我不要白活一場。我想要記得。我有這個權利。頂多，假如我真的沒得選擇，我同意讓阿茲海默症奪走所有好的部分，只留下壞的給我，只留下那些一般人會想要遺忘的痛苦回憶。只要它願意留下一點什麼給我，我願意只留壞的部分。我想要記得。而且麻煩一下，請按照時間順序。

我想要記得我最初的回憶，那是媽媽第一次把我留在幼兒園，我又哭又怕，以為她不要我了。

我想要記得手指卡在廚房門縫那次，指甲翻開的感覺。

我想要記得某個夏天午後，我在我家後面的空地，發現我的小貓的屍體；牠才失蹤沒多久，但眼珠已變得霧霧的，蒼蠅在四周飛來飛去。

我想要記得在得知將有一個妹妹時，自己心中的憤怒，以及我對這個小生命、這個入侵者的恨意，這股恨意過了好幾個月，甚至好幾年後才淡去。

我想要記得失去了爺爺奶奶的悲傷，以及不曾見到外公外婆的悲傷。

我想要記得國中時的懊悔，那時全班都排擠瑪麗亞，因為她裝有一顆玻璃假眼珠，而我懊悔自己不曾站出來說些什麼；我想要記得我的羞愧，那時我為了想被其他人接納，便問她，來上課的時候，為什麼不乾脆戴上海盜眼罩，肩膀上再頂一隻鸚鵡算了，我因此惹哭了她，並感到羞愧不已。

我想要記得媽媽切除乳房，在那個年代還沒有義乳這種東西；某天早晨我意外撞見了她殘缺的身體，我想要記得她當時的尷尬和痛苦。

我想要記得所目睹過的那些車禍，想要記得某天我拎著購物袋步行回家時，所看到的那個人的支離破碎身體；我想要記得在電視上看到的那些死者，那些靜靜不動的自焚僧人、那些成堆的屍體和種族大屠殺。

我想要記得勞伯特出生時，我的痛苦吶喊，和醫師用手術刀劃開陰道時，那種無法形容的痛楚，因為當年還沒有無痛分娩這種措施，分娩時盡只有疼痛。

我想要記得我辦公室的同事馬克，他越來越瘦且越來越疼痛，最後死於一種後來才廣為人知的疾病。

我想要記得我們母親心跳停止時，我妹妹的反應。後來癌症病魔捲土重來，慢慢戰勝了我們的母親。我想要記得媽媽停止呼吸，我們的家庭醫師替她闔上雙眼時，我妹妹竟跪倒在母親遺體前，不可思議地開始呼天搶地：她像個孩子般大吼大叫，在決堤的淚水中說著：「媽媽，妳沒死，對不對，快說妳沒死，我的媽媽呀！」我想要記得醫師和我彼此默默相看，完全不知該對這荒謬的情境作何反應，而妹妹一發不可收拾，湊到我們母親的臉旁，貼著她耳朵大喊：「妳沒死，對不對，妳沒死！」喊得如此大聲，我不禁直覺地抓住她手臂，把她往後拉，因為她這麼靠近貼著媽媽喊叫，會把媽媽耳朵弄痛的。我想要記得，我當下就明白自己的反應和妹妹一樣不理性：媽媽的耳朵不會痛了，其他任何地方都不會痛了。我想要記得這件事。

我想要記得湯瑪斯還是個小嬰兒的時候，某天我正在替他熱牛奶，他從高椅子掙脫，摔了下來，我想要記得他的頭撞到廚房地板磁磚的聲音，那聲音清脆得像西瓜裂開，我深信遭受這樣的撞擊，他一定活不了了。

我想要記得某天，勞伯特在幫忙他爸爸修整東西時，我才一轉身，他就把一截右手食指裁斷了。

我想要記得我心愛妹妹的死，死得如此不值，淪為茶餘飯後的閒話，我知道，附近很多鄰居聽得都笑了：她在做愛時腦中風死了。

我想要記得我成為健忘的人的那一天，想要記得一切驟變的那一天。

這一切，我都想要。我甚至嚴正這麼要求。

我禁止別人偷走我的人生，哪怕是最悲慘的部分，因為所有這些痛苦都屬於我；所有這些淚水都是**我的**。

湯瑪斯

那一天的五年後

我開著電視睡著了，忽然聽到媽媽大叫。這種事太常發生了，我並沒有立刻起身，但過了一會兒，我好像聽出了她不斷重複的一個字。

這個字令我不寒而慄。

我立刻直奔她的房間，推開門並把燈打開，發現她正在哭泣，被子往上拉到下巴，然後她開始不斷重複我剛才好像聽到的那個字。她喊著：「媽媽！媽阿阿阿阿阿媽！」

她在喊著她四年前因癌症過世的母親。她看起來驚慌失措，恐懼萬分：完全就是個小孩子。我渾身起雞皮疙瘩。通常，只要推開房門再把燈打開就夠了，就算沒能讓她停止喊叫，至少也會轉移她的注意力，讓她忘掉腦袋裡那個正在翻騰的什麼。但這次，彷彿我不在現場似的，她看起來依然很恐懼和孤單，所以我來到她身旁，小心翼翼把手放在她肩膀上，還刻意把手臂伸長了，並把頭向後退一些，以防她本能地忽然想甩我第N個巴掌，但她只是喊得更大聲了：「媽阿阿媽！媽阿阿阿媽！」她彷彿被附身了似的。我把另一手也在放她肩膀上，開始輕輕搖晃她，想把她搖醒，但沒用。「媽阿阿媽！」我搖得稍微用力一些，因為她的叫聲越來越尖銳了。沒用。我又搖得更用力了，但感覺我會把她弄痛，她如今變得那麼瘦弱，所以我輕聲跟她說話：

「媽媽，我在這裡呢！」

「媽阿阿媽！」

「別怕，我在這裡陪妳呢。」

「媽阿阿阿媽！」

根本沒輒。我拉高了音量，改採嚴厲的口吻，像是老師或警察的口吻：

「媽媽！夠了，別鬧了喔！」

「媽阿阿阿阿阿媽！」

「別叫了，拜託妳！安靜！」

「媽阿阿阿阿媽！」

她喊得越來越大聲。我受不了，也跟著大叫：

「安靜！媽媽，安靜，別叫了！」

「媽阿阿阿阿阿阿媽！」

「媽媽，閉嘴！」

「媽阿阿阿阿阿阿阿阿媽！」

「靠，媽媽，閉嘴啦！妳給我閉嘴啦！」

「媽阿阿媽！」

「媽媽！」

「媽阿阿阿阿媽！」

「媽阿媽！」

「媽阿阿阿阿阿媽！」

「媽阿阿阿阿媽！」

「媽阿阿阿阿阿阿阿媽！」

「媽……」

這一刻，我覺得自己好像靈魂出竅，從上方看著這一幕：我看到兩個瘋子輪流喊「媽阿阿媽！」實在太可悲、太激烈又太荒謬了，我忍不住放聲大笑。我是發自心底地狂笑，笑得既絕望又無法克制，於是我笑了又笑，笑到流眼淚了，因為這兩個瘋子當中，到頭來吼得最大聲的是我。我受不了了，我被逼到極限了，但實在太好笑了，我心想如果有一天要寫媽媽生病的事，我一定要把這段寫進書裡，因為，真的，我已經跌到谷底了。主角跌到谷底，總是滿好笑的。

看到又聽到我笑成這副模樣，媽媽的注意力轉移了，她不哭了。她直盯著我瞧，畢竟我對她而言是個陌生人，她一定很納悶，三更半夜的，這個陌生人不知為何在這裡做出如此怪異的舉動。她沒有打我，只是像個動物般好奇地盯著我。然後慢慢地，我笑夠了，所有的痛苦都已發洩出來，於是媽媽轉了過去，蜷曲身體漸漸睡著，我則楞在這裡，倚靠著她的床，坐在地上，重新習慣這片痛苦的沉默。

我搖晃了媽媽，很用力地搖晃了她，而且也罵了她。我罵她罵得很過癮：朝她大吼，讓我變得舒坦，如釋重負。

或許該是交棒的時候了。

瑪德蓮

那一天的兩年後

湯瑪斯幾乎隨時都和我在一起。他實在太好了。以他這個年紀，還願意照顧生病的母親，實在很難得，他明明該去把艾瑪追回來，如果追不回來，至少也該找個新對象。我還滿喜歡艾瑪的，雖然我通常比較喜歡地中海一帶的女生，總是想像湯瑪斯會和深色皮膚的褐髮美女在一起，然而有著金色頭髮和藍色大眼睛的艾瑪，我也很願意把她留著當媳婦。可是他父親過世後，他就有點冷落她了，接著又是我的事，我知道這樣只會讓情況雪上加霜……我不斷告訴他：「湯瑪斯，你回家去，打電話給艾瑪，她一定還沒交別的男朋友，算起來才多久，兩個月而已嘛，你說嘛，才兩個月，一個女人不可能找到比你更好的男人。」於是他告訴我，她離開已經一年多了，而我則忍不住發牢騷，因為時間這種事呀，真是越來越糟糕，我完全搞不懂了，事實上，我還滿高興湯瑪斯能陪我，因為現在呢，我已經留不住什麼了。我記得以前的事，記得兒時和年輕時的事，可是最近的事呢，我發現我幾乎沒記得幾件。如果別人問我今天或昨天做了些什麼，通常我答不上來或會弄混，除非發生了真的很特別的事。我請湯瑪斯幫我買一些日曆和時鐘，放在每一個房間裡。我抵抗著，用我的武器掙扎著。每天撕一張的日曆，最大的問題在於，我永遠不知道是否已經撕過昨天的那一張，於是每次就會多撕。結果，必需等上好幾天才能再撕一張，但這期間，我便無法知道今天是哪一天。

好像是沒多久以前吧，孩子們聚在一起替我慶生，我不記得是自己的生日了。到底是三天前還是一個月前？我不知道，而且永遠也不會知道了。我問湯瑪斯：「咦，湯瑪斯，你哥哥和妹妹是什麼時候來替我慶生的？」但不論他回答我什麼，我當下就忘掉了，這實在很糟糕，因為這樣已經不單單是遺忘了，感覺好像我喪失了某種感官，無法再作判斷，再也看不到時間，它沒了氣味、沒了顏色，沒了滋味。

說起來，時間何嘗不是一種感官呢？

我喪失了時間。

我仍然很想死。我經常想打開窗戶往下跳，但這裡不夠高，很可能死不成，只會重傷而已。

嘿，這個老太婆可真奇怪呀。

我覺得我的「我」真的開始離開我了。幾年前的一些事情，譬如我去瑞士玩、最後一次和我老公出遠門的那一趟，或是茱莉葉的兒子、我可愛的孫子出世，他叫什麼名字來著，待我想想，勞伯特，噢，不對，哎，氣死我了，啊，對了，他叫盧卡，這些我全都記得，我每天都訓練自己回想，但感覺就像有一層紗，已經開始漸漸覆蓋某些時刻。我回想得沒那麼好、沒那麼清楚了。我知道這意味著什麼：再過不久，我將忘掉盧卡出生的事，忘掉我曾經去診所幫忙茱莉葉和陪伴她，因為她的第一胎生得很辛苦，跟我自己當年一樣，她非常疼痛。這一切，就是人生呀。我將不記得自己曾經在那一、兩天扶她下床，好稍微減輕她的疼痛。這一切將不復存在。

從此以後，就像炸彈的引信一樣，一切將開始燃燒殆盡，阿茲海默症將蠶食我的一切，它將吞沒一切直到最後爆炸為止。真叫人無法接受。我不要這樣。

感覺這個老太婆好像腦袋空空了。

我想死。湯瑪斯經常請醫生來，或帶我去看醫生，讓他評估看看我是否需要出門透透氣，而且我吃的藥越來越多，我們的家庭醫師說我有憂鬱症狀，說：「以妳這種情況，有灰色念頭是很正常的。」但我感覺他這麼說只是為了讓我好過一些。沒有人懂，是嗎？沒有人懂**我**嗎？我即將忘掉一切，忘掉所有人，而且無藥可治，這難道還不算是個陷入嚴重憂鬱的正當理由嗎？這個理由還不夠讓人想轟掉自己的腦袋嗎？我受夠了……我真的受夠了這一切。夠了，夠了，媽的！

啊，要是我只有自己一個人，沒人愛我就好了……

這個腦袋空空的老太婆，怪怪的喔。

6 離開

湯瑪斯

那一天的五年又六個月後

我並未把「媽阿阿阿阿阿媽」那段不太光榮的小插曲告訴茱莉葉和勞伯特，當年，想要接棒的念頭一閃而逝：我絕不答應把我媽媽送去和一群比她老十倍且病情嚴重十倍的人一起「等死」。所以原本的日子繼續過，而且當然更加惡化。大約四個月前，發生了一件非比尋常的事情：我哥哥和妹妹來家裡共進晚餐，他們來了以後，猜怎麼著：媽媽把他們兩個都忘掉了。啪，兩個同時一起忘。他們來了，我擁抱了他們，我們去探望媽媽，她正在陽台餵麵包給爭先恐後搶食的鴿子，這陣子以來，這項活動讓她心情大好；見到茱莉葉和勞伯特時，她露出笑容並說：「先生您好，小姐您好，來看看我的鴿子吧，牠們好漂亮！」

就這樣，他們也不存在了。他們默默吞下了這個打擊，茱莉葉出去哭一哭，勞伯特坐在客廳，他安安靜靜地手抵著下巴，許久許久。他眼眶濕潤，但並未掉眼淚。不是為了面子問題，不是的，我們早就超過了那個階段：我想他單純只是覺得哭膩了。

茱莉葉回來以後，我們三個互相擁抱，他們跟我說：「你看吧，這下子不是只有你一個人，我們都一樣了。」

我點點頭，因為我知道這一刻對他們而言，有多麼難過。但在內心深處，我依然一樣傷心，因為不論發生了什麼事，我永遠都是**第一個被遺忘的人**。沒有什麼能改變這一點。更糟的是，沒有任何人也沒有任何事能告訴我為什麼會這樣。仔細一想，這八成要怪我；我不像勞伯特或茱莉葉，學校成績從來就不很亮眼，我總是一派無所謂的態度，關於我對她的感情，我很少有所表示或說些什麼，我想，對於她所曾給予我的一切，我也從來沒有表達過感激。或許就是這些日積月累的小失望，促使她的腦袋第一個把我忘掉。

為了慶祝我們三個通通被遺忘的這第一天，我們把爸爸收藏的陳年老酒拿出來。媽媽從來不喝酒，因此有足夠的威士忌和馬丁尼，讓我們三個一起高興地喝個爛醉，我們花了大半夜的時間，笑談說過上千遍的往日回憶。後來，等茶几上堆滿了數量有點太超過的空酒瓶後，他們該回家了。他們叫了計程車，我則再度獨自一人，孤單又酒醉，陪著在房間裡不睡覺的媽媽：我聽到她不時會說話，和把房門開了又關。

事實擺在眼前：她已經把她的三個孩子都忘了。套用她以前的說法，我們是她兩隻手捧著的三個心肝寶貝。病魔在這場追逐中，剛跨越了一個里程碑，它應該對自己的表現很得意吧：真不曉得接下來會怎樣。於是我坐到電腦前，去網路討論區搜尋能稍微振奮人心的分享文章。我讀到有個女人寫的一篇文章，她的父親已經兩年多不認得她了，忽然某天他喊了她的名字，然後若無其事般，在數十秒鐘之間，完完全全像之前那樣和她閒話家常，聊起彼此的一段共同回憶，而且是一段相當有趣的往事，我已記不得詳細內容，因為我心中萌生起強烈的希望：希望我母親能認出我並和我說話，再最後一次就好。既然在別人身上發生了，就表示這是可能的呀！「如果是今天晚上呢？」威士忌在我耳邊呢喃著。我猶豫了一會兒，接著我去她房間裡，在我所裝設的小夜燈旁的椅子坐了下來，會裝設夜燈是因為這陣子以來，媽媽不肯在黑暗中睡覺了。我特地確認她沒在睡覺，而且心情平靜；於是，我把她稍微扶坐了些，在她背後墊了個大抱枕，然後雙手握住她的手。我靜靜不動等待著，等她轉過頭來看我。我等了很久；然後，她看了我，彷彿赫然意識到我的存在。我把臉湊向她的臉，好看清楚她的雙眼：我認出了我母親的眼眸。於是，藉著馬丁尼壯膽，我終於說出口了，說出了她大概一直以來都想聽到的話，或許這樣能最後一次促使她有所反應。

「媽媽，我最愛的媽媽，求求妳，再認出我最後一次吧，我謝謝妳為我所做的一切，謝謝妳給過我的一切，愛、關心和所有其他的事，所有對我們而言重要的事。我拜託妳，媽媽，好好看看我，把妳剩下的愛通通集中起來吧。我很抱歉，我應該要更用功，對妳應該要更貼心、更常表達感情，我應該要跟妳說『我愛妳』，喏，我這就跟妳說了，媽媽，我愛妳，妳聽到了嗎？我跟妳說了喔！妳呢，妳也跟我說，好不好？來吧，媽媽，好好愛我吧，快跟我說我是妳兒子。再喊我湯瑪斯最後一次吧，我只求妳這一件事而已，快說妳愛我，媽媽，快說妳是我媽媽，快說我是妳的小心肝、妳的小寶貝，就像之前那樣，我不會再要求妳別的什麼了，我發誓，拜託妳再認出我最後一次吧，求求妳……拜託妳跟我說說話，拜託妳說我是存在的……」

她比平常更專注地凝視了我；她好像握了握我的手。

「對，媽媽，說出來吧。我求求妳，快說給我聽……」

她的嘴巴很緩慢地張開了，她握我的手，握得更用力了些，然後輕輕說出：「算是一種鴿子，但是是石膏的。」

瑪德蓮

那一天的兩年又六個月後

我越來越喜歡看電視。以前，我只有在晚上，不想睡覺的時候，會看看電影，或有關大自然的節目。現在，我都還滿喜歡的。我一天到晚看電視，湯瑪斯常唸我，他叫我要動一動，要找些事情做，我說好呀，可是要做什麼？好像沒有什麼事要做的吧。前兩天，我確實叫鄰居太太不要再滾垃圾桶，結果，果然越叫她不要，她偏偏越要，今天早上或昨天，她又滾垃圾桶了。講都講不聽，真是的。

感覺勞伯特和茱莉葉越來越常來家裡，我很高興，但湯瑪斯不要我花力氣下廚；起先我堅持要下廚，但他說不用，他自己想辦法，結果其實這樣皆大歡喜。必需說，以做菜而言，我的手感有點跑掉了。我明明全部按照以前的方式做，雞呀、蔬菜呀、湯呀，可是常常吃起來味道就是不一樣。又或者，也許我的味覺也跑掉了，對了，這下次該問問醫生。不過滾垃圾桶那件事，還是搞得我很煩。湯瑪斯說他明天會去找鄰居談談。

三個孩子都在時，我們什麼都聊，但現在會盡量避開生病的話題。他們對我說話都很和顏悅色，他們很細心，能有這麼可愛、這麼貼心的孩子，讓我感到很窩心，光是想到有一天，我將會忘掉這份貼心和這份愛，我就感到很難過。

但我已經不去想尋短的事，那些通通過去了，我現在難過的感覺不一樣了，也說不上來為什麼。電視上，他們播了一個生了可怕的病的女人，我不記得是什麼病了，但真的很可怕，比我的還可怕得多。結果呀，她並不想死，反而還說：「我要為了家人對抗到底」，啊，真勇敢呀，我呢，並不想要對抗什麼，我只想要自己好好的，不過這個嘛，唉……我心想她真的很勇敢。不像另外那個滾垃圾桶的噢，實在是。

湯瑪斯

那一天的五年又六個月後

幾個星期前，按照茱莉葉自己的說法，她**碰巧順道**經過。當時是週間日，而且是白天的下午時間，平常她太忙，決不可能在這個時候經過；因此我研判，她這一趟反而是事先計畫好的。她應該是刻意撥出了時間，更改了會面或開會時間，總之是凡事安排妥當了，才有辦法**碰巧順道**經過。事有蹊蹺，但我假裝不知道：

「小妹，妳來探望我們，真好！」

「我剛好經過附近，想說順便繞過來。你還好嗎？」

「還好，謝謝。」

「你在幹嘛？」

「喔，正在用電腦。」

「在寫作？」

「對。」

「太棒了！我太好奇了，一定要看一下！」

她坐到電腦前，移動了滑鼠，以啟動螢幕：

「喂，你的新小說看起來很讚耶！書名是什麼？『明年度繳稅總額』？太棒了，內容在講一台新電腦，還有火車票……真是耐人尋味呀！」

「噢，拜託……」

「湯瑪斯，你沒在寫作了。」

「有啦，只是……」

「給我看！」

「沒啦，現在手邊沒東西，我只是……」

「只是你已經……我不知道……兩年，還是三年，都沒寫過半行字了？」

「再更久一點……不過我有兩份預備的稿子，所以，還可以啦……」

「才不是像你說的『預備』，你把它們先擱在一邊，是因為覺得它們不夠好！你乾脆直說吧！」

「既然妳這麼說。」
「我當然這麼說！所以呢？」
「所以，我沒在寫作了。我寫不出來。」
「因為這種情況下沒辦法寫作。湯瑪斯，你已經做得夠多了。我們必需安置媽媽。」

安置媽媽。我立刻厭惡了這個字眼。厭惡這個字眼裡的虛偽、謊言和羞愧。這個字眼是個讓人遮躲的簾幕。才不是**安置**媽媽，是遺棄她。我絕不答應。我後來再也不曾對她發脾氣，她越來越需要我，凡事都需要我。
「所以要怎樣，把她送去流浪動物收容所嗎？這就是妳想要的嗎？」
「很受不了你耶！我會忍住，因為我太清楚這樣會有多痛，但真的，我好想狠狠甩你一巴掌！你不可以跟我說這種話！」

這時候，大概是被直線飆高的音量給吸引了，媽媽來到客廳。然而她幾乎看都沒看我們，就逕自坐在沒開的電視機前。她如幽魂般出現，讓我們瞬間冷靜下來，音量也下降一格。

「你怎麼能跟我說這種話……湯瑪斯……」

「拜託，我們不能拋棄她呀！她會很孤單的，很可憐，再說……」

「等等，這是什麼味道？」

「怎麼了？」

「有味道！聞起來像大便，好臭！別說你沒聞到！」

「喔，是啦。是媽媽。但別擔心，她有包尿布。」

茱莉葉以一種我從沒見過的表情看著我，既錯愕又恐懼：

「你幫媽媽包尿布？」

「對，但這是最近的事，因為她有過一、兩次意外，所以……」

「你幫媽媽包尿布……你，湯瑪斯，你幫我們的媽媽包尿布，而且想當然爾，你又忘記告訴勞伯特或我了！」

「因為沒有什麼好說的呀！就是這樣嘛，現在她有需要了，那我就替她包呀！」

「那如果她像現在這樣，拉在尿布裡了，你怎麼辦？」
「妳問這什麼白癡問題？那妳說我該怎麼辦？」
「你說。」
「不要。」
「湯瑪斯，你說！」
「不要！」
「你替她擦屁股！天呀，湯瑪斯，你幫媽媽把屎把尿，還替她換尿布！」
「是啦，我替她擦屁股！我替我們的媽媽擦屁股！那又怎樣？她也幫我們擦過屁股呀！」
茱莉葉眼眶泛淚，她握緊了拳頭：
「湯瑪斯，我愛你。我愛你，而且我也佩服你。你所做的事情很了不起，但從現在起，你必需重新開始過生活。你已經沒有自己的生活了，你有發現嗎？沒有朋友、沒有感情生活，什麼都沒有了！所以，哥哥，你給我仔細聽好，因為我這麼說是為了你好，也是為了媽媽好：不論你答不答應，她明天就得離開。」

瑪德蓮

那一天的兩年又六個月後

我好疲倦。隨時都疲倦，或幾乎啦。我好疲倦，卻睡不著，至少，是越來越睡不著。尤其是夜裡。夜裡很恐怖，一閉上眼睛，一大堆東西就開始在我腦袋裡翻騰，有回憶啦、想法啦，彷彿事情通通攪在一起，害我頭昏腦脹，所以我不睡覺了，盡量不閉上眼睛，試著什麼也不去想。但越試著什麼也不想，越偏偏會想到一大堆事情。有時候，我乾脆起床，在家裡走一走，然後我常常生氣，因為麥克斯的東西到處亂丟，最後是誰來收拾呢，當然是我囉，再這樣下去，我整個晚上光收拾麥克斯亂丟的東西就收不完了。我又不是他的清潔工，對不對，我們結婚又不是為了這個。

有時候電視上，健康節目會談到阿茲海默症。前兩天，有一則報導介紹了某間醫院或某間診所裡的一大堆老人，他們都是像我一樣的**健忘的人**，但他們真的很老，可以看到他們在一個有著魚缸和很醜的桌子的大廳裡，和護士玩著一些很白癡的遊戲，都是些小孩子玩的遊戲，像是把三角形積木放進三角形的洞裡，有個老頭子居然連這樣都做不到。我好想砸電視。我不要變成那樣，不可以。有個老太太盯著小魚缸裡的魚，一盯就是好幾個鐘頭，她就那樣，嘴巴開開的，沒了上排牙齒，看得出來，因為她的上嘴唇整個捲進嘴巴裡了，她就那樣，嘴巴開開的，像個死人一樣盯上好幾個鐘頭，盯著那群魚游來游去，那群魚蠢得要命，但應該都比她來得聰明。我把遙控器朝螢幕扔，勞伯特就來了，他罵了我一下，我說我愛怎樣就怎樣，這是我的電視機，而且我是他媽媽，但他親了我額頭一下，我便平靜下來，我的勞伯特實在太好了，隨時都在這裡陪著我。他瘦了。

我幾乎隨時都很疲倦，我睡不著，尤其是夜裡，夜裡很恐怖，我越來越討厭夜裡，我會忍不住去想一大堆事情，想到無法睡覺，所以我盡量什麼也不想。我還記得小時候，我很怕黑，我希望別關掉走廊上的燈，但這樣我妹妹就睡不著了；她呀，喜歡暗一點，我們兩個只有一間房間，所以每次都吵架，媽媽也不知該如何是好，但因為我是姊姊，媽媽便決定讓我在黑暗中先等妹妹睡著，然後才開走廊上的燈，把門留個小縫，好讓我有一點光亮。那樣我就睡得著了。

湯瑪斯
那一天的五年又六個月後

茱莉葉說過「她明天就得離開」，但其實，前後花了兩個月。雖然我妹妹心意已決，且固執起來非常固執，有些山仍不是說移就移的。

我並未堅持，因為我知道她說得對。我撐不了多久了，我會崩潰的。我覺得我們找到了一個不錯的機構，是一家有醫療設施的安養院，她所需要的照護，在那裡應有盡有。我們三個說好了，要設法每天讓媽媽被探望兩次。茱莉葉和勞伯特輪流在十一點午餐時來看她，我則下午來。我很訝異，且非常高興他們居然能從各自忙碌的工作中，撥出這麼多時間來。他們說他們這麼做也是為了我，好讓我能重新過正常的生活，我也鄭重答應他們——當然，這是茱莉葉提出的想法——每天陪媽媽不超過三個小時。一天二十一個小時的正常生活呀，一定會讓我改頭換面。而且我相信自己一定會喜歡。

明天就是大日子了。以現在的時間來看，或許該說是今天。我知道我將無法成眠，直到他們到來為止，也知道我們三個將一起送媽媽去那個地方，那個除非出現奇蹟，否則她再也不會離開的地方。我必需接受：今晚是媽媽在這個家裡——在**她的**家裡——度過的最後一晚。

她也沒在睡覺，我聽得出來。這會兒，她在她房間裡自言自語，發出她那些奇怪的聲音。夜裡有一部分的時間，她在走廊上走來走去，罵了我一、兩次，但沒有摔任何東西；後來經過客廳門口，她問我：「我爸爸呢？」我答說我不知道，她便若無其事轉頭回去。過了三、四十秒鐘，她又來了，那時間剛好夠她拖著雙腳走完幾公尺長的走廊並轉身回來，她問我：「我爸爸呢？」我再度答說我不知道，這一模一樣的一幕重複了至少五十次。她用相同的語氣，問了我五十次相同的問題「我爸爸呢？」我也五十次回答說我不知道。後來，她終於回她房間去了。

媽媽的呢喃聲被大門的門鎖轉動聲蓋住了。勞伯特和茱莉葉已經來了，原本我們是約八點，現在才早上六點半。從他們的神情看來，也是一夜沒睡；所以囉，剩下的這一個半鐘頭，與其自己過，還不如一起過。我們默默吃早餐，很享受勞伯特路上順便買來的熱騰騰可頌麵包。我們的胃口出奇地好；一家人一起吃早餐，是很溫馨的，會讓人回想起童年，那時候，果醬的滋味足以讓人忘掉即將展開的一天。

早餐用畢，我們互相看了看，知道時間差不多了；茱莉葉穿上背心，我也披上夾克：艱困的時刻，感覺總是特別冷。我請他們把東西提去車上，我則去帶我們的母親。

我輕輕推開媽媽的房門時，她盤腿坐在床尾；她雙手互相貼著，拱成半圓形，輕輕搖著。我花了幾秒鐘的時間才明白，她正在搖哄一個看不到的對象。我上前一步，她一看到我，雙眼就亮了起來：

「爸爸，你來了！」

「我……對，我來了……」

「說話別太大聲，他在睡覺。」

「誰在睡覺？」

「哎唷，艾維斯嘛！」

「艾維斯是誰？是妳的小寶寶嗎？」

「才不是啦，爸爸！真是的，胡說八道耶，我還太小，怎麼可能有小寶寶！艾維斯是洋娃娃呀！」

我望著她一會兒：她看起來很快樂。她輕聲唱起一首搖籃曲：「快快睡，乖孩子睡，乖孩子快快睡……」她是個小女孩，坐在自己房間裡，在父親的注視下，玩著洋娃娃。我看到她臉上的笑容變得燦爛，她把搖籃曲唱完，並在她洋娃娃的耳邊說了些悄悄話。我很不願意地打斷她的快樂時光：

「好吧，來，該走了。」

「去哪裡，去上學嗎？」

「對，沒錯，我們要去一所新學校。」

「我可以帶艾維斯一起去嗎？」

「當然可以。」

我握著媽媽的手，輕輕施力牽著她，好讓她跟我走；她的另一手仍抱著她假想的洋娃娃。

「艾維斯，聽到沒？你要跟我一起去上學耶！而且還是新學校唷！」

一所新學校……說起來，也算是啦。那裡會有其他像她一樣的孩子，只不過他們的父母再也不會接他們回家。

勞伯特和茱莉葉手上拎著最後幾包東西，在門口等我。我抱著媽媽走下那幾個台階。我和她一起坐在後座；才頂多一分鐘，她好像已經忘了她的洋娃娃，她的眼神再度顯得空洞。她又回到自己的世界裡。

我把領口拉高，感覺比剛才更冷了。媽媽被丟去跟那一大堆她**不認識**的人在一起，一定會很孤單；我深信，不論如何，她如果是跟她**認不出**的人在一起，還是會感覺好一些。

第二部分

1 驟變

瑪德蓮

那一天的三年後

亂演一通，這電視真是亂演一通！現在跟我說話的這個是誰呀？平常都是那個金髮女生，但這個傢伙是誰？這男的，我從來沒見過他，他幹嘛跑來我的電視裡跟我講話？這真是怪了，隨便什麼人都跑來我的電視裡跟我說話，可是這傢伙，我又沒叫他來，我要像平常那樣，我要跟我最喜歡的那個女生說話。不然，是我自己弄錯按鈕了吧，1，不對，2，不對，

3，不對，我喜歡的那個金髮女生到底在哪裡，哎呀，我找不到，還有那個門的聲音，搞得我煩死了，是誰在門那邊吵？

「媽媽，早安。」

「您是誰？」

「媽媽，是我呀！湯瑪斯呀！」

「湯瑪斯，喔……湯瑪斯，呃，您是，呃……不，我不認識您。」

這個年輕人平常不在這裡，還是他平常就在？我覺得應該不在。

「先讓妳看一下電視，待會兒就會好點了，妳會認得我的，一定會的。」

「現在幾點？」

「媽媽，現在是早上九點，我昨晚回我家。妳有睡嗎？」

「我不知道。」

九點，對呀，通常到了九點，就會有我很喜歡的那個金髮女生，她跑到哪裡去了？哎呀，煩死我了，她原本一直都在的呀，她頭髮梳得很漂亮，長得很可愛，而且我喜歡她的聲音，像在唱歌一樣細細的，跟我妹妹一樣，對了，我妹妹呢？還有我喜歡的那個金髮女生呢？

「妳一定記得吧，昨天晚上，我就在這裡陪妳，現在早上我又來了，每天都是這樣呀！喏，我去幫妳領藥來了。」

「喔，您是來幫我打針？」

「打針？打什麼針？」

「噢，我哪知道呀！拜託請您讓我好好看電視。」

這個年輕人真煩！尤其還是個這麼年輕的醫生，我不太信任他。而且我最喜歡的那個金髮女生到哪裡去了，在第幾台呀？4，不對，5，不對，6……

「拜託，我又不是醫生！媽媽，妳看著我。先把電視遙控器給我，我把它轉小聲一點。妳看著我。媽媽，妳認得我吧，對不對？我不是來打針的，我是妳兒子。妳知道的，我是湯瑪斯，妳最愛的兒子呀！沒啦，我開玩笑，妳愛我們三個愛得一樣多，對不對？妳的三個心肝寶貝呀！妳的三個小孩，妳都愛得一樣多，對不對？妳跟我聊聊妳的小孩吧，然後就會想起來了。」

啊，他想和我聊我的小孩，那麼他一定是好人。一個很好的年輕人。我很喜歡的那個金髮女生，待會兒再找吧，先來和這個年輕的護士——既然他不是醫生，一定是護士囉——聊聊我的寶貝孩子們。我最愛聊我的寶貝孩子們，他們是我最大的驕傲。他們是勞伯特和茱莉葉，是我捧在手上的心肝寶貝。

湯瑪斯

那一天的六年後

起初，我很討厭安養院。我所能看到的，盡是媽媽未來的可能性，也就是其他的院友。他們大多已失智，多半是由阿茲海默症所引起，隨著我行經各個庭院、走廊或交誼廳，我看到的不是許多的人，而只是許多我母親未來可能變成的模樣：譬如那個不跟任何人說話、只會惡狠狠盯著前方的婦人——她的憤怒和恐懼已經凝固了——可能是再過幾個月的**媽媽**；那個更瘦且越來越瘦的老頭子，把他放在哪裡，他就一直待在哪裡，他張著嘴巴，口水全都流出來，偶爾發出一點聲音，不過說不定他只是在發呆——可能是再過一、兩年的**媽媽**；我往寢室裡看的時候，看到許多**媽媽**空洞地平躺在人生的尾聲上，彷彿已經死了一般。寢室裡的那些**媽媽**，沒有任何人陪伴她們。

幾星期下來，已經不會再在意其他院友了，他們只是裝飾布景，就像綠色植物一樣。一些充當綠色植物的植物人，呵，這種事在以前，一定能把媽媽逗笑。但那一切已經結束了：媽媽不笑了，她會打人。趁著還能在「較有活動力且較有反應」這個類別再待上一陣子，她倒也不客氣，三不五時就會在這個場景裡搶戲一下：我曾被告知說，她打過一位坐輪椅的老爺爺，只因為他開口向她說了句話，或者有個在走廊上自言自語的婦人被她甩了幾個耳光。你來院裡探訪，或剛好遇到院方人員的時候，他們會告知你，但說話時的語氣就好像在報員工餐廳的今日菜單一樣：很機械化，毫無情感，因為這裡就是這樣，這種事一天到晚發生。起先，我很不好意思，會還為了媽媽動手而道歉。但我很快就明白沒這個必要。這是院方人員的好處，他們能免去你的罪惡感：他們總是見過更糟的情況，他們以前總是遇過行徑更誇張或更暴力一千倍的病人，所以囉，沒必要道歉，這種事已經是例行公事。

我的例行公事呢，就是每天下午三點來，六點離開。我信守諾言，從來不曾多待一分鐘，但也從來不曾少待一分鐘。我從我家提早二十四分鐘出門，停車場上每次都有空位。回程則需要整整多十分鐘，因為這個時間的交通比較擁擠；我大約六點四十分能回到家。說是我家，其實是媽媽家：我把原本的公寓退租了，反正屋裡幾乎沒什麼家當了，我也白白繳了太久的房租。既然我想要繼續待在這裡，家當也都已經搬來這裡，茱莉葉和勞伯特很鼓勵我住下來，他們完全沒有意見，反而是只要我高興，他們就高興。自從媽媽搬去那邊後，感覺病人好像變成是我了：我哥哥和妹妹對我無微不至，凡事都順著我；最糟糕的是，他們以為我都沒發現這一點。有時候，我會覺得很煩，但我知道他們是好意，他們應該會互相通電話討論我的事，我很能夠想像茱莉葉說：「如果他想繼續住下去，沒問題呀，重點是他得要寫作，偶爾也要出去見見人。」然後勞伯特一定會說：「對，茱莉葉，妳說得對。」茱莉葉當然是對的，她經常都是對的，其實我覺得這樣有點煩，但好啦，我沒有憂鬱症或什麼的，我只是需要時間步回軌道而已。

我很快又會開始寫東西了，我可以感覺得到。有感覺油然而生。因為寫作是一種升起的過程。起先，我以為寫作是一種下降，我以為一切都是從上面來的，以為是腦袋裡有泉湧而出的靈感，以為只要任由它傾洩就行了。後來，我發現不是這樣的：寫作，是一座內在的火山，必需替它開道。身為作家，必需懂得引導岩漿，讓它從肚子升向心，再注入手臂，最後從手指末端噴發。岩漿不能流經腦袋，不然腦袋會使它降溫，它的表面就凝結不動了。作家只不過是自己內在之火的引導者而已。

我呢，岩漿卡在心那裡了；現在比以前好一些了，以前我連肚子那裡都感覺不到岩漿的存在，但未來的路還很漫長。我覺得我內在的溫度仍不夠。

瑪德蓮

那一天的三年後

我說得對，那個年輕人是好人。他一直照顧我。我沒弄清楚他到底是真的護士還是別的什麼，有時候他不回答我問的問題，不然就是我聽不懂他回答我的話，但無所謂，有他在的時候，我感覺很好。只不過有時候，我明明才剛打掃過家裡，他卻又掃一遍，弄得我有點煩。我跟他說，我剛打掃過，很乾淨，他卻說：「對，可是兩次總比一次好。」關於我吃飯或洗澡，他也是這麼說，我說我幾分鐘前才剛吃過或洗過，我記得很清楚，我沒發瘋，那個年輕人便說：「對，可是兩次總比一次好。」所以，哎，我去做，是為了讓他高興，或讓他別再一直嘮叨了。

茱莉葉和勞伯特會來看我，他們也好好唷。上次，我跟他們說，我不太高興，我現在都沒老公了，我妹妹還不常來看我，但我看得出他們聽了也很難過；他們很喜歡他們的阿姨，也難怪呀，她一天到晚買禮物送他們，或請他們吃冰淇淋。我妹妹呀，大家都喜歡她，只有我老公湯瑪斯，在我們剛結婚不久的時候，曾經和她吵過一次架。但我不想說他的壞話，因為我可憐的老公呀，他已經死了。

湯瑪斯

那一天的六年後

越來越常見的情形是，我去探望媽媽時，她不跟我說話了，一個字也沒有。我擁抱她時，她沒反應，或者無力地把我推開，接著，便是毫不間斷的整整三個小時沉默。不論這時候她在哪裡，獨自在自己寢室裡，或和其他院友在一起，她都不對我說什麼了。彷彿她對我視而不見。偶爾她很難得跟我說上幾個字——或該說是當著我的面說上幾個字——但我明顯看得出，她根本不知道我是誰。我很久以前就不是她的兒子了，可是現在，我連她的護士，或那個人很好的年輕人都不是了。兩度被遺忘，真是中大獎了。我和其他人一樣，也成了場景的一部分。我呢，還是會盡量多跟她說說話，就算有時候沒什麼好跟她說的也一樣。

一位看護小姐越來越常來探視我。起先，我們在交誼廳裡的時候，她只是跟我打招呼，告訴我媽媽做了些什麼事。我一開始並沒有發現她很漂亮，我呀，並不是在和一個美女說話，而是在和照顧我母親的一位人員說話。我們原本談的是有關媽媽的情況和考量，漸漸地，開始聊了幾句關於我們自己的事，一些很普通的對話：我的工作、她的興趣等等；然後我們捨棄了敬語，她固定會來媽媽的寢室裡，我們也對彼此瞭解越來越多。隨著她照顧媽媽、替她換床單、餵她吃藥，每次所花的時間越來越長一些，每次我也越來越高興看到她。她問了一些關於我的問題，問得越來越詳細，「我很好奇耶，您不會介意吧？」我也問了她一些問題。

上次，她問我是否有女朋友，我說：「沒有」，她馬上接著問：「那也許有男朋友囉？」把我嚇了一跳。我這輩子還是頭一遭被人這麼問；自從艾瑪以後，我的感情生活一片空白，因此似乎更難為自己辯駁。她看到我一臉錯愕，立刻向我解釋：根據她在這裡的經驗，同性戀者往往比其他人更常來陪伴母親，「注意喔，我並沒有說一定是這樣，但確實經常如此！」我告訴她，我就是個來陪母親的其他人，她聽了笑盈盈地說：「而且，居然沒有女朋友！」隨後她先行離開，離去前對我眨眨眼。並不是帶有性暗示的眨眼，不是的，而是一種溫柔又可愛的眨眼。

她名叫克拉拉。

瑪德蓮
那一天的三年後

其實，我覺得那個年輕人不是真的護士。他只是住在別人家提供照護，至少我是這麼覺得啦，我沒有仔細問過他，但我知道真正的護士不會一整天都待在別人家裡，不然，他是某種看護吧。可是我都稱他護士，他喜歡被這樣稱呼。我告訴他，應該去當醫生，那樣賺得比較多，像我女兒就自己開不動產經紀公司，還有我兒子是，啊，我一時想不起那個職稱怎麼講，法院什麼什麼員的，喏，像這類工作收入就不錯，可是那個護士說不必了，說他喜歡現在這工作，說他喜歡照顧我。我唯一討厭的事，是他有時候會帶我去醫院上一些，那些笨蛋把這叫什麼來著？啊，對了，上「記憶課程」，做一些很無聊的事情，好讓我恢復記憶。會問問題，問一大堆問題，常常有個褐髮女生，一直都是同一個，她人很好，只不過她每次都會問我的生日、我老公的名字、我小孩的名字，每次都一樣。有夠無聊。不論是她自己，或她們兩個一起，反正都一樣，無聊透了。另一個女生呢，我很討厭。她要我玩一些遊戲，用數字、清單或東西玩遊戲，可是沒有任何獎品，太爛了。那個人很好的年輕人來接我的時候，我很高興，因為表示課程結束了，醫院再見，他送我回家。

起先，我以為是他偷了我的支票簿。前兩本遺失的時間很接近，所以我難免起戒心。第一次，支票簿在它原本的位置，放在我手提包的皮長夾裡，後來忽然「噗」地變魔術般不見了。我只好跑一趟銀行，那個年輕人陪我一起去，因為他不肯讓我開車了，有時候他實在很煩，然後我請他們再幫我辦一本支票簿。我收到以後，把它收在我包包裡，還特別留意，可是才不到兩天，又不見了！所以我開始盯著那個年輕人，假裝自己是私家偵探一樣，每次他離去後，我都仔細檢查支票簿是否仍好端端在我的包包裡。這方面沒問題，那年輕人他是清白的。那麼是誰偷了我的東西呢？因為那天早上，我醒來的時候，支票簿又不見了，我只好再向銀行申請一本！後來，我找到一個好地方把它藏起來，但還是一樣，被偷走了，不見了。過了一陣子，那個護士不肯再帶我去銀行，我只好打電話，但銀行不肯再寄支票簿給我，他們說：「小姐，您沒仔細找，這些支票簿總不可能都是被偷走的吧，再說，並沒有任何人使用您的支票，我們都有在監控，小姐，應該是您把它忘在哪裡了，再找找看吧！」而我呢，則叫那群白癡加三級的騙子去死啦，我至少還知道怎麼找一本支票簿，至少還知道有沒有人趁我睡覺時來家裡偷我的支票簿。後來再打去銀行，他們直接掛我電話，再後來，我也不懂，電話變得不像之前那麼好用，根本打不出去，八成是半夜趁我睡覺時闖進家裡的那些人搞的，現在我連打電話都沒辦法了。

說起來，他們也是滿厲害的呀。

湯瑪斯

那一天的六年後

幾個鐘頭後，克拉拉的那一眨眼，令我怦然心動。算是一種後勁吧。

我像平常一樣，回到家裡，像平常一樣沖了個澡——我每次從安養院回來總會先沖澡——忽然間，那一眨眼又浮現我腦海。它縈繞著我，彷彿一回想起她的眼睫毛，就令我不由得悸動。我打開電視，但不斷看到的是克拉拉美麗的臉龐，對我微笑著並對我眨眼。我在沙發躺了下來，把電視關成靜音，改而想著她。

這幾天以來，我時時刻刻都想著克拉拉。每天下午，我都盼望去那裡，也希望她有值班。我挑衣服時特別用心；昨天，我買了一瓶新的香水。專櫃小姐讓我試了好幾種味道，我用手腕內側分別試了兩種不同的香水，第三種則噴在我脖子上。她湊近我聞了聞，湊得非常近，我聞到了她的氣息，不禁感到一陣悸動。我已經很久沒有悸動的感覺了。我立刻想到克拉拉，想著如果我的脖子感受到她的氣息會是什麼感覺，我隨即又想著，如果她的氣息漫步在我全身會是什麼感覺。

之前，我提不起勇氣，但今天，我一定要約她。我還不知道要約她幹嘛，去喝兩杯、去看電影、去吃飯，隨便什麼都可以，但我一定要約她。

我盼望她出現；這個時間，她通常已經來了，我看到她轉過來，照顧病患……這陣子，我注意到她對媽媽特別照顧。她告訴我她滿喜歡她的。我問她為什麼，畢竟媽媽跟別人已經不太有互動了，結果克拉拉說，媽媽還是有互動，只是以她自己的方式互動。按照克拉拉的說法，儘管得了阿茲海默症，每一位病人仍會在內心深處保有一點什麼，保留很久很久，算是一種一絲尚存的聯繫吧。這一切或許聽起來很美好，但我呀，看得出來，我在媽媽眼中顯然已毫無任何重要性可言，說起來就好像我不存在了一樣。而且最糟的是，我也認了：她和我之間已無互動，這一點我很認命地接受了。克拉拉說，重點不在於她特別和誰有互動，而是有互動就很好了，對象不重要，方式也不重要，是特定對象或不定對象都沒關係：「只要有互動就有生命，或該說，就有人性，因為倘若沒有了人性，那麼就算有生命……大家也會盼望她離開。」我知道克拉拉所指的，是我和媽媽之間即將發生的事，等到她變成真正的植物人，我們將只求一件事，就是求這種情形別一直拖下去。仔細一想，其實滿可怕的：如果一切照這樣下去，再過不久，我就將盼望我母親快死。

媽媽的互動，克拉拉告訴了我：那是在替她洗澡的時候。她通常會鬼吼鬼叫，會想要打人，但過了一會兒，如果對她很溫柔，她就會平靜下來，閉上眼睛，呼吸也變得平緩安穩。然後，她會把手輕輕地，放在拿著海綿的人的手上，以這種方式跟著一起畫圈圈搓洗自己的身體。彷彿能享受輕撫，卻不用花力氣，只是一種意念而已。

我喜歡這個動作，喜歡這個意念，因為只要它們還存在，媽媽就還活著。

瑪德蓮

那一天的三年後

想要快樂，所需要的並不多，真的不多，簡樸少欲即可！只要一點點淨水和綠意，我們就綠……討厭。

想要快樂，所需要的並不多，真的不多，簡樸少欲即可！只要一點點

淨水和綠意，我們就可以……煩死人了！

想要快樂，所需要的並不多，真的不多，簡樸少欲即可！只要一點點

淨水和大自然……不對！

想要快樂，所需要的並不多，真的不多，簡樸少欲即可！只要一點點

淨水和綠意，讓所有都享……不對！不對！不對！

想要快樂，所需要的並不多，真的不多，簡樸少欲即可！只要一點點

淨水和綠意，讓大自然享受我們，幾道蜜蜂……唉唉唉……

想要快樂，所需要的並不多，真的不多，簡樸少欲即可！只要一點點

淨水和綠意，好好享受大自然，在陽光畫上幾道天空就行了！啊，對嘛！

我好不容易還是做到了！

2 謊言

湯瑪斯

那一天的六年後

「怎樣，她在這裡不錯吧？」

「我不知道。」

「什麼話，當然不錯囉！**對不對，媽媽，妳在這裡不錯吧？**」

「茱莉葉，別鬧了，她不會回答妳的。」

「你管我！不是呀，說真的，我覺得她在這裡很不錯，你也看到了，她沒有瘦太多，這裡的人把她照顧得不錯，還陪她玩……」

有時候，星期天，我們三個一起去探望媽媽。我們相約在她寢室裡，圍在她身旁，時間過得很緩慢，我們心裡難過。

「我也覺得她過得不錯。這段時間，她比較少打人了吧？」

「對，可是勞伯特，你呀，她本來就很少打你，不知道為什麼。像茱莉葉有時候就被打得很慘……」

「就是呀，她打我可不手軟！**對不對，媽媽，妳打我都不手軟哦？**」

「茱莉葉，別鬧了！而且我告訴你們，說到挨媽媽打，我可是紀錄保持人耶，是各項冠軍喔！」

「對，你說得對，我們都比不過你……可是我呢，被她罵得比你們都慘。」

「還好而已吧……」

「誰說的！她一天到晚罵我的『種』，你們沒發現嗎？一下子罵『沒種』，一下子罵『孬種』……」

「哎呀，那是因為她很喜歡你的『種』呀！**對不對，媽媽，妳是不是很喜歡他的……**」

「茱莉葉！」

我們心裡難過，所以常常只好嘻嘻哈哈。

瑪德蓮
那一天的三年後

目前的情況嘛，不錯啦。我必需說，還不錯啦。是呀，醫師，確實是這樣。對，一般來說，事情我都記得，對。喔，一些不重要的小事，我會不記得，但不然的話，還不錯啦。我不會騙您的呀，醫師。我們都這麼熟了，沒有必要騙來騙去呀，九一一事件、聖戰士那些的，都知道呀。那些藥嗎？還好。喔，對，對，沒問題。而且您的那位小護士都會定時要我吃藥。就是現在在外面等我的護士呀！對，我知道他不是護士，比較像是居家看護，但我這樣喊他，他比較高興。不是，不是我兒子，我兒子現在在上班，他太忙、太辛苦了，沒時間照顧我，再說，他也不是做這一行的嘛！不是，我就跟您說在外面等我的不是勞伯特嘛。湯瑪斯？那位護士叫湯瑪斯？大概吧，我不知道。我都叫他人很好的年輕人。但是醫師呀，老實說，那個年輕人，那位護士呀，有時候，對，我需要一點時間回想一下，對，有時候我記不太清楚，我承認。我不會騙您的嘛，醫師，我們都這麼熟了，對呀，您懂的嘛。不會呀，不會常常這樣！不會啦，怎麼可能，他跟我打招呼，我問了他，他就說他每天都在這裡，所以我就知道是他囉。都是同一個人，對。確定，對。很確定、很確定嗎？噢，我也不知道，也許有一、兩次由別人代班吧。也許吧。而且聖戰士呀、九一一事件和所有那些阿哩不搭的，整個循環很有幫助呀，您和我一樣也知道真相嘛，對不對。對，對，我明白您的意思，絕對不會說出去，守口如瓶。抱歉，您說什麼？對，我都有去醫院。對，很好，非常好，尤其那些小遊戲，對。很棒，很有進步，玩得很開心，都很好。就是這樣囉。好啦，我不要再佔用您的時間了，外面還有很多人在等呢！唷，您很成功呀，和我女兒一樣，有自己的房子那些的，醫師您很棒呀，應該賺不少唷。好，醫師再見。您想要見見那個年輕人？他應該沒生病吧，有嗎？你還是想要見見他？好，好的。好，我就在這裡等，沒問題。不會，我不會亂跑，絕對不會。不會。不會，我發誓。

湯瑪斯

那一天的六年後

我仔細找了各個交誼廳，都沒看到媽媽。我猜她在寢室裡吧。我一面爬樓梯上五樓——不搭電梯了，我最近體重增加太多，該運動一下——一面想著不曉得克拉拉今天下午是否有值班，因為我也沒看到她。昨晚在餐廳算是相當愉快，我問了她幾十個問題，因為我很討厭聊天時冷場，然後也因為我喜歡聽她說話，但我沒問她今天是否要上班。我很想見到她。昨天，她很美，打扮得很漂亮，我從來沒見過那個樣子的她，在這裡，她總是穿著淺粉色的制服和膠鞋……她來到餐廳時，穿著一襲簡潔的黑色洋裝和高跟鞋，我不由得瞪大了雙眼；希望她沒太注意到才好。我們一起歡笑，說了些心裡話，沒有接吻。我並未試著親她。我不想操之過急。而且，我也想再更確定一些。

五層樓爬得我氣喘吁吁，但還好。我看到克拉拉在走廊的盡頭：她站在媽媽房門口，肩膀倚靠著門框，正望向寢室內。我感到擔心，立刻前去與她會合：

「克拉拉，妳好。怎麼回事？」

「你好，沒事，別擔心。但我想先別打擾她，也許就快結束了。你看。」

媽媽背對著我們，站在門旁。她右手握拳，前後擺盪了幾次後，忽然放開手。接著她望向寢室的另一頭，靠牆的這一側。然後，她舉起右腳，放在自己左腳上；她不得不伸長雙手以保持平衡。等站穩後，她開始以怪異的方式一跳一跳前進，然後突然間，把右腳放回地上。

「她在做什麼？」

「你看不出來嗎？」

「看不出來。」

「等等，還沒完，她要繼續了。」

媽媽又重複這奇怪的把戲：一腳踩在另一腳上，以怪異的方式前進，再把腳放回地上。但這次，到了牆邊時，她跳了最後一下，隨即高舉雙手。我覺得她看起來滿激動的。

「所以，看懂了沒？」

「還是不懂。」

「我覺得她在玩跳房子。」

「跳房子？」

「對，我觀察她一會兒了，幾乎能確定就是跳房子。」

「喔……」

「喏，她跳回來了，要重新開始了。你看，現在她在瞄準和拋出小石子，對吧？她單腳跳躍，至少意思到了啦，對不對，現在換成雙腳跳，你知道的，就是有兩個數字並排的那兩格，接著她又單腳跳，哎，小心，有點站不穩，好險，現在她又跨開雙腳，踩並排的最後兩格，然後就到天堂了。她贏了。」

「對耶，妳說得對。她看起來很高興。」

「我也這麼覺得。」

「那她每次都贏嗎？」

「對。至少我看到的這幾次，她每次都贏。起碼連續十次囉。跳的部分，我倒覺得還好，不過丟小石子呀，她真的很厲害……每次都是一投就中！我還從來沒有這樣百發百中過，顯然，站在你面前的這位，以前是跳房子高手呢！是操場上的狠角色唷！」

我笑了，她也笑了。把我逗笑了，她很高興。我把手貼向她背的下方，輕撫她的腰間。

「大情聖，別毛手毛腳！萬一被別人看到……我恐怕會有麻煩。」

「是，對不起。」

「但是可以先存起來，留著下次用喔！而且，下次換我請你。不去餐廳了，來我家吧，我想做菜給你吃！你覺得如何？」

「妳說了算！我可惹不起操場上的狠角色……」

「乖。因為玩彈珠的話，沒有一個男生比得過我。」

「遵命！」

「告訴你，我可是殺手級的唷。」

她把走廊從左到右快速掃視一遍後，在我嘴唇輕輕印上一吻，隨即繼續巡房去了。

我嘴上掛著微笑，在原地楞了片刻。感覺我的嘴唇被她親了以後，變得柔軟多了，不是嗎？

然後，我眼前不再霧濛濛一片，我回過神來，回到現實。媽媽在床旁繼續她那奇怪的把戲。她把小石子扔出去，單腳跳躍再跨開雙腳，再度單腳跳躍，再度跨開雙腳，乃至於最終一次跳躍。她露出笑容，高舉雙手：又贏了。

媽媽上天堂了。

瑪德蓮

那一天的三年後

「六二十二。六三十八。六四二十四。」

「對，好，繼續。」

「六五三十。六六……三六！」

簡單啦。我跟你說，不是我要講，但是他們的那些題目喔，像這樣叫我背九九乘法表，簡直把我當成四歲小孩子一樣。那些課程，實在是煩死人了……

以前，我滿喜歡上學的。我還記得有一天，我摔跤了，擦傷了膝蓋，因為我穿裙子，流了不少血，還有一小塊皮膚垂著。我哭得好傷心，連老師都給我糖果吃。她的桌子抽屜裡有糖果，這倒是令我很驚訝，我以為老師們的桌子抽屜裡呀，只有原子筆、紙、圓規和粉筆。結果不是呢，這個抽屜裡，居然還有甘草糖。老實說，糖果安撫了我不少。某天，這位好心的老師死了，但沒有人告訴我們，我直到好多年後才知道。來代課的是個奇怪的男人，我們幾個女生一點都不喜歡他，都叫他吸血鬼，因為他皮膚很白，而且所有小孩都怕他。

「來吧，瑪德蓮，我們像平常一樣繼續，現在比較難囉。我們從七十七開始，每次減掉七，好嗎？」

「好。所以，七十七。好。七十。對吧？」

「對，繼續。」

「所以，剛才說七十了，所以，呃，六十三。然後是，五十……

呃……五十二？」

「不對。」

「我知道，我知道，五十三！」

「不對，瑪德蓮，專心一點。六十三減七等於？等於？」

「五十……四？」

我記得，還有一次，在學校，我妹妹的筆袋被偷了。有個男生在踢足球，就是鄰居阿姨的兒子，他踢得太用力了，結果球從大門上面飛出去，砸破了隔壁低年級校區的玻璃。哇，他被懲罰了，被懲罰得很嚴重，那天在操場上，我們都不敢笑。上學真好玩。

「喂，瑪德蓮，您心不在焉喔。請您再認真算一下，每次都要減掉七。您剛才算到六十三了。」

「對，六十三。」

「所以，六十三減七等於？等於？」

我實在很討厭這個女的耶！另外那個比較好，比較親切，可是這個喔，老愛擺架子，真受不了。

「我知道是多少啦！可是您害我頭好痛，我不算了。」

3 結果

湯瑪斯

那一天的六年又六個月後

短短幾個月，病情惡化得很嚴重。阿茲海默症真的對媽媽開戰了。她摔倒了好幾次，最後一次下樓梯時，最後幾階沒踏穩，摔斷了腳踝。為了方便起見，打石膏的這段期間，先讓她坐輪椅；後來石膏拆了，但媽媽再也沒離開過輪椅。彷彿因為長時間坐著，她就忘記自己能走路了。如今，到此為止了，她再也不會走路了，他們信誓旦旦地說。

「他們」，指的是那些醫生。他們很久以前就不曾再有任何一絲絲的樂觀了；現在，又進階了：從現在起，是結束的開始。他們要讓我有心理準備。他們向我說明媽媽將如何徹底「植物化」，然後以很學術的口吻，又告訴我幾種可能導致她死亡的方式，再過一陣子，心臟停止或肺炎吧。再過多久？這個嘛，他們也不知道。他們也說不準。每位病人的情況不同，「有些人發病後又活了二十年，不可思議吧！」但一般來說，不會那麼久，通常是八年，其中一位醫生如此告訴我；大約七到九年吧，另一位醫生這麼說。我不是數學專家，但我想兩個意思是一樣的。

說到互動，已是徹徹底底結束了。克拉拉告訴我，這陣子，媽媽的手不再跟隨海綿了。就算媽媽偶爾還會說話或發出聲音，對象也不是我們這些還活著的人，不是的，只是她自言自語罷了，或誰知道？也許是她身邊或她內心裡的假想對象也不一定。

克拉拉很坦白，她告訴我：「對，最糟的部分要開始了」，而我很難想像還有什麼能比剛過完的這幾年更糟；於是她把我擁入懷裡，說她會陪著我、陪著媽媽，陪我們一起走過這一段。任誰都看得出來，雖然克拉拉還不曾說出口，但她愛我；我也愛她，我經常對她說我愛她，因為我知道我呀，表現得不是那麼明顯。我覺得這樣互相平衡挺好的。

我問她，什麼才是「最糟的」，她說會變得極度瘦弱、完全喪失自主能力，到最後連進食都不會了，但這不是指無法用杈子把食物送到嘴裡，不是的，不只如此；走到最後，所謂的「連進食都不會」，完全就是字面上的意思：就算你把食物放到病患的嘴裡，他也不知道該幹嘛。咀嚼、咬碎、吞嚥？忘光光囉。

但仍然有比較好的，或該說更糟的：如果她沒那麼早死，有可能進入一個匪夷所思的階段，那是我想都沒想過的一種荒謬情形：連吞口水都不會。我為了確認是否有聽錯，還請克拉拉重複了一遍：到最後，病患經常變得連吞自己的口水都不會了。

於是，我最害怕的事情發生了：我盼望媽媽快死。

瑪德蓮

那一天的三年又六個月後

門口那頭吵吵鬧鬧的又是怎麼回事？煩死了，連在自己家裡都不能耳根清淨了嗎？

「是誰在那裡呀？」

「是我，湯瑪斯！」

湯瑪斯？我沒有認識叫湯瑪斯的人呀！然而，我認得這個聲音……

「哪個湯瑪斯？」

「就是照顧妳的那個護士啦！」

護士？開什麼玩笑？啊對啦，我真笨！這聲音……是我老公麥克斯的聲音嘛！他總是喜歡開玩笑，逗我開心！所以是他回來了嗎？我真高興！

「啊，是你呀！我好想你哦！」

咦……他不是一個人？還有誰和他一起？是我幻覺嗎，不會吧！不可能，居然……居然是她？真的是她？她在我家裡？她幹什麼，想去哪裡呀？不，不可能，我一定會醒過來……這個女人居然來我家裡，還敢大剌剌在我面前走來走去？還把這裡當自己家裡一樣！不准過來……千萬別過來，這個不要臉的女人！她差點搶走了我的麥克斯。她故意裝得一副楚楚可憐的樣子，只為了搶走他，我先和妳當姊妹淘，好跟妳老公上床，口是心非的傢伙……還是趁我大肚子的時候！他向我發誓，這事只發生過一次，他以後再也不會見她了……可是現在，他們卻在一起有說有笑，彷彿我不在這裡，彷彿我不存在似的！她居然朝我走過來！她居然還敢對我笑？

「好了，我該走啦，媽媽，換湯瑪斯陪妳囉！」

我有沒有聽錯，她叫我「媽媽」？而且她喊他「湯瑪斯」而不是「麥克斯」？這女人不但不要臉，還瘋了嘛！她在幹嘛，又靠過來了？

「親一個！怎麼了，妳不親我一下嗎？」

「還敢要我親妳，妳這個賤人！喏，親這個吧！」

她被賞這一巴掌是活該。難不成她以為可以這樣登堂入室搶走我的麥克斯嗎？一定要給她點顏色瞧瞧！

「還嫌不夠嗎，賤人？還要我再賞妳幾巴掌嗎？」

妳等著瞧，我一定要再補妳一巴掌，我一定要讓妳……咦，為什麼麥克斯抓住我的手？她被打是活該呀！

「賤貨，混蛋！」

「媽媽，拜託！妳冷靜一下呀！」

他們聯合起來對付我？麥克斯站在她那一邊？那個狐狸精到底灌了他

什麼迷湯？

「王八蛋，混帳！」

「瑪德蓮！」

麥克斯吼我。他吼得很大聲。麥克斯從來沒有吼過我，他是個很棒的老公……為什麼他要這樣對我？我那麼愛他……他吼我……是為了她？

「可是……」

不可能，他總不會為了那個狐狸精而要離開我吧！我好怕他離開……我……我的麥克斯……

「你為什麼……？」

我感到淚水在眼眶打轉，我忍不下去了。我得離開。

我不要麥克斯看到我掉眼淚。

湯瑪斯

那一天的六年又六個月後

我算過，從我人生發生驟變起，到現在已將近八年。這昏暗的八年宛如永無止盡，被憂鬱和淚水所淹沒，思念著已然不在的逝去的人或尚在的人；儘管如此，我仍活著，或說我撐了過來，模仿著之前的我，只不過已被掏空。我每天早上都照常醒來；每天晚上，我睡得不多，但仍算是有睡；至於早上和晚上之間嘛，乏善可陳。想念我父親、挽不回我的未婚妻、照顧我母親。

乏善可陳。

然後，最近這段時間，出現了兩個小奇蹟：克拉拉和寫作。沒錯，感覺又回來了。大約一個月前，某天傍晚，從安養院回到家裡，經過電腦前的時候，我感受到了，手指尖感受到了。那個岩漿呀，它就在那裡。那感覺很奇怪，起先，我不確定這股熱燙感是否只是昔日習慣的一種慣性、只是見到鍵盤所產生的一種制約反應而已，結果不是的，而且很確定：我想要寫作。我順其自然；於是，我把自己當成媽媽，開始寫呀寫的。我以她的口吻談這場病，談她所遭遇的這一切。

我想要假想自己是她，儘管這個時候，她已經不太像她自己了。

當然，我所寫的內容是虛構的，但其實也沒那麼虛構：我母親已無法表達自己，有誰比我更適合為她代言呢？有誰比我更有權利擁有她使用過的用詞和表情，和她曾告訴過我的恐懼呢？第一天，我連續寫了將近五個鐘頭；我再度嚐到這種已淡忘的感覺，那是一種全然拋開一切的滿足感，與時間隔絕，也與世界隔絕。這次是走進媽媽的世界。

從那時起，我便不假思索地持續寫作至今。每天都寫。我已經寫了快七十頁，有時候會遇到困難，我羞於將某些事情寫出來，羞於將某些話語放入母親嘴裡，羞於替她某些不理性的舉止，構想一些八成只是胡亂揣測的理由。但我不管：我有這個權利。

等寫完了，再看看要怎麼處理這些稿子吧。先等這一切結束再說。如果我只列印唯一的一份稿子，偷偷塞進媽媽的棺材裡，好讓這一切成為只有她知和我知的事，讓她把我們的祕密帶進墳墓裡呢？

瑪德蓮

那一天的三年和六個月後

我生氣了。煩死了，煩死了，煩死了。除了那個年輕人，都沒有誰理我了。麥克斯不曉得跑到哪裡去了，另外那個傢伙也一樣，還很難說呢，我也不知道。煩死了，煩死了，煩死了！這張椅子幹嘛擋在這裡？一定又是我妹妹搞的，混蛋。不對，她是好人。賤女人。電視愛演不演，一下子動，一下子不動，一下子動，一下子不動，煩死了，煩死了，煩死了！還有那雙鞋子啦，最討厭的就是鞋子，不是我要說，我的手指尖好痛，這樣要怎麼打毛線，還有電視就更甭提了，一下子動，一下子不動，一下子動，一下子不動，一下子動，一下子不動，煩死了！

不曉得媽媽幾點要開飯，可是這雙鞋這個樣子，我哪裡也去不了呀，賤女人，媽媽！不對，她是好人，是電視不好，一下子動，一下子不動，一下子動，一下子不動，一下子動，一下子不動，一下子動，一下子不動，一下子動，一下子不動，煩死了，煩死了，賤女人，一下子動，一下子不動，但那個人很好的年輕人不會，也很難說，他會偷我的支票簿，我敢打包票是他，所以要藏好。

要是還能有一些人，或有一些狗就好了，就像老師的那樣，好啦，鞋子嘛還可以啦，可是現在我什麼都沒辦法做，沒辦法打毛線或幹嘛，煩死了，煩死了，咦，走廊上有人經過，又是誰呀，啊，是那個年輕人，是他經過走廊，照顧我的那個年輕人經過走廊，支票簿應該在他那裡，小偷，現在我沒辦法買新電視了，它不動了，一下子動，一下子不動，一下子動，一下子不動。動了。如果是為了這樣，那不行，絕對不行，椅子亂七八糟，鞋子呀，麥克斯和他那個朋友湯瑪斯呀，跑出去不曉得哪裡，不知道他們幾點會回來，那個湯瑪斯對我兒子有不良影響，我煩死了，煩死了，就像電視一樣，又是那個護士搞的鬼，那個王八蛋，半夜偷了我的支票簿又對我的電視動手腳。一下子動，一下子不動，他經過走廊，這都是他搞的，他再這樣經過，或再這樣搞電視，我一定要打他，再不然就是他藏了誰。我好餓，媽媽也是，她煩死了。

媽媽好可憐，因為生病，她少了一邊乳房。只有一邊乳房，看起來很醜耶，好難看喔，一邊是正常乳房，一邊是被切掉的，爛透了。反正，電視上一天到晚看到的都是胸部，可是不動的時候看不到，那電視呀，有時候動，有時候不動。煩死了，煩死了，煩死了！電視混蛋啦。

不對，它是好人。

賤女人。

4 日常生活

湯瑪斯

那一天的七年後

每天三個小時沒人陪，很漫長耶。我和她在一起，她願意的時候，我就握著她的手，但我很孤單。有時候，我願意想像她就在這裡，只是被困在腦袋深處的一小團細胞裡，而其實我說什麼，她都聽得到，就像某些陷入昏迷的人那樣。大家都跟我說不是這樣的，以媽媽的情形而言，這是不可能的，這個病對腦部造成的損傷已太過嚴重，但這種事誰也說不準，所以我仍然姑且一試。反正，我也沒什麼好損失的。

如果從誠實且理性的立場去看，我確實不得不承認，我這樣每天陪伴在她身旁，其實已無濟於事：不論我是否在這裡，不論我們是一個人或一百個人在她身旁，她都是孤單一人。說不定更慘，連一個人也沒有，連她也不在這裡。如果是這樣，遇到天氣不好或我生病的時候，我應該可以不要來，而待在暖呼呼的家裡，或好好休養，又或是好好享受多年來久違的自由午後時光。這樣並不會影響到任何人。

問題是，我既不想誠實也不願理性。我想要愛怎樣就怎樣，我想要憑自己的感覺去做。我知道我必需要在那裡，我覺得有必要，八成是一種需求吧。一定會有心理醫師說我做這一切，與其說是為了她，更是為了我自己，說我這樣是為了讓自己心安理得和獲得陪伴，但我不管；我的位子就是在那裡，在她身旁。隨著時間，某些目光起了變化：在某些人眼中，我從起先孝順又貼心的兒子，變成了一個偏執的人，說不定還有那麼一點不正常。我幾天前頭一次察覺到這種變化：我一如往常在相同的時間，推開安養院的玻璃大門，正向一位護士打招呼時，我看到他背後有兩位看護一面望著我，一面互相講悄悄話；接著她們其中一人目光向上飄，稍微搖了搖頭，一副「噢，那個媽寶每天有夠準時！」的意思。我想必像所有怪人那樣，被取了難聽的綽號，我也發現，她們眼神中的同情和理解已不復存在。我不知道為何變了，但我無所謂。

我真的一點都無所謂。我很久以前就學會不要去管別人的誤解，而且正是因為一個綽號的緣故。當年，我大約十六、七歲，那次很特別，儘管我父親向來討厭出遠門，我們和他一起去了義大利，因為他希望帶我們去義大利北部的帕多瓦省，認識他父母的故鄉小鎮，我們在那裡的姑婆家待了幾天。小鎮太小又太平靜，以致於任何大小事都會被注意到；過了三、四天，我因此注意到，每天午餐過後，幾乎同一時刻，必定有個手上拿了朵鮮花的老人，從我們家門前經過。我問姑婆，他是誰，為什麼天天帶著花散步。

「他不是散步，是去墓園。」

「喔？」
「對，每天同一時刻，已經四十多年了。」
「四十年？」
「對。他從來沒有一天例外。不論如何，每到下午一點，他一定徒步穿過整個小鎮，從來不搭車，就算下著雪，就算颳大風，他也會一路走去墓園，獻一朵花給他太太。」
「他太太死了四十多年，可是他每天還去墓園送花給她？」
「對。」
「這傢伙瘋了嘛！」

我當時是認真地這麼想。我才十七歲，無法理解這種愛情、這種犧牲、這種忠誠。想來想去，就是這個老頭瘋了。我覺得這整事非常好笑，是回去以後可以講給死黨們聽的精彩八卦。

「你知道，在鎮上，大家都怎麼稱他嗎？」
「不知道，快說來讓我笑一笑！死人骨頭？墓園先生？花瘋的人？

哈，這個好笑！」

「不是。大家都稱他『深情的人』。」

「『深情的人』？什麼，就這樣而已？」

「對，而且這道理很深。將來有一天，你會明白的。」

我聳聳肩，繼續去一旁嘻笑。隔天，我偷偷等待那個老人。接近下午十一點時，我看到他從路口那頭過來；他走得很慢。他經過我們家門前時，用拇指和食指捏了一下帽緣，向我打招呼；近看，他真的很老了。他花了很長的時間才把這條路走完，我遠遠跟著他一路走到鎮中心的小墓園。我看到他很費力地在一個外表普通的墓碑前蹲下來，這墓碑和其他墓碑唯一的差別，在於它前面擺了一個很小的花瓶，花瓶裡有一朵漂亮的白花，老人把白花換成一朵漂亮的紅玫瑰；接著，他開始說話。他在對已經死了四十年的妻子說話。就這樣持續了一會兒，持續了好幾分鐘，他不停地跟她說話；然後，他親吻了自己的手心，再放在冰冷的墓石上。這一吻之後，他費了好大的力氣才又站起來。我趕緊後退，深怕被他看見，隨即一路跑回家。我在房間裡待了幾分鐘，心頭酸酸的，我很難過。或應該說，我很感動。姑婆說，將來有一天，我會明白的；我只花了一天就明白了。

所以今天，與其生氣，我告訴自己，將來有一天，那些目光往上飄的女孩會明白的。

瑪德蓮

那一天的四年後

「噢，不要！」

「週三至週四夜裡，曾有人目睹該名男子駕駛一輛白色小卡車，如果您有認識符合以上特徵的人，請撥打畫面上的這個號碼。」

「喂，妳該不會又來了吧？」

「體育消息，鏡頭轉到足球，冠軍聯賽已開打，熱門隊伍卻出師不利，巴塞隆納在自家場上僅與對手踢成平手……」

「不……」

「……而曼聯則是輸掉了外圍賽，終場以三比二做收，在畫面上，您看到的是在最後一分鐘導致曼聯落敗的關鍵進球，非常精彩，球員們欣喜若狂。」

「停！」

「最後為您播報氣象，從衛星雲圖可以看到，接下來的天氣相當晴朗……」

「好啦，媽媽，我關掉了，夠了！妳不管什麼都要跟著唸一遍，要把我逼瘋了啦！明天我就去買新電視放到妳房間！」

湯瑪斯
那一天的七年後

我決定搬去克拉拉家。事實上，是她踏出了第一步，提議要搬來我家；但我想要離開這個房子，換換環境。我們原本打算找個新房子，不是她家，也不是我家，而是個中性的「我們家」，但我喜歡她的住處，我在那裡感覺很好，很自在。所以，就這樣囉。我們挑了個正式的搬家日期，亦即再過兩星期。我也自然而然打電話給勞伯特，請他來幫忙；其實不該找他，因為沒有太多東西要搬。我忘記早在之前，搬來媽媽家的時候，我就已經讓他幾乎是白跑一趟了，因為當年我只有少許家當和一台大電視；這次，家當更少了，因為有一大半已經在克拉拉家，而大電視已在幾個月前壽終正寢。結果，我們用勞伯特的車只來回載了兩趟，我那幾個僅裝了半箱各式雜物的紙箱，和區區幾袋衣服，一點都沒有把車子輪胎壓扁；而且，我知道其實一趟就能搬完，但那麼一來根本不像在搬家，也就沒有藉口聲稱自己是英勇的搬家勇士，而吃到克拉拉犒賞我們的獎品披薩。披薩是她叫的外送，果不其然姍姍來遲且幾乎冷掉了。真是美好的一天。

從今以後，我的時間表煥然一新，流程截然不同了。我每天的第一件事，就是在早上七點左右，費力地睜開一隻眼睛，這是克拉拉鬧鐘響的時間；通常她會親我一下，我則迫不及待再閉上眼睛，因為我現在能夠再度睡著了，這堪稱另一項奇蹟。向來很喜歡睡覺的我，終於又能享受連續熟睡七個，甚至八個小時的無與倫比美好感覺，不會提前醒來，也不會做太多噩夢；或者，就算做了噩夢，我也能夠再度入睡，只要緊緊擁著克拉拉即可，如果她去上班了，抱著她的枕頭也行。等我兩隻眼睛都睜開的時候，大約是十一點或中午，全看靈感讓我寫到凌晨三點或四點。我總是入夜後，等克拉拉睡著了才寫作。這種作息讓我醒來後有時間去運動——我去游泳，漸漸找回從前的身材，我覺得這樣還不錯，看起來沒那麼老了，現在我應該又恢復成我這個年紀該有的模樣吧——然後，我簡單吃一點東西就去探望媽媽，克拉拉和我回到家的時間差不多，所以傍晚過後我們都在一起。

大家都看得出來，我的情況越來越好。茱莉葉和勞伯特非常喜歡克拉拉，他們很高興，也很欣慰看到我步回人生軌道並再度開始寫作。然而，媽媽的情況卻一天比一天糟。

常常，我因為再度變得快樂而感到慚愧。

瑪德蓮

那一天的四年又六個月後

今天太陽好大！難得天氣這麼好，一定要把握機會出去散散步！我的鞋子呢？哎，算了，不管鞋子了……戴上太陽眼鏡就出門吧……好了，走！呵呵，我走到哪裡，你就跟到哪裡，你很高興唷！你知道我們要出去散步！呵呵，牠好高興，一直搖尾巴！我今天要帶你去一個特別的地方，那裡很棒，你一定會喜歡！來，坐好，我們來繫繩子！對，別動，繫好了，你真是很乖的小狗。

走，我們出門囉！噢，還好我戴了太陽眼鏡，居然出這麼大的太陽！來吧，走，我們去海邊！腳底下能踏著暖洋洋的沙子，多幸福呀……結果我真高興沒找到那雙鞋子。我實在好喜歡曬太陽，好喜歡皮膚上暖洋洋的感覺……

就這樣待個幾分鐘吧……讓陽光曬曬我的臉……

好滿足……好幸福……小狗也很開心，牠躺在熱呼呼的沙子上伸懶腰，像貓一樣呼嚕起來……

「瑪妮，我沒騙你吧？」

舒服……這樣真舒服。

我真希望這一刻永遠不要停。

湯瑪斯

那一年的七年又六個月後

媽媽已經走到路的盡頭了，大家都感覺得出來。這種事克拉拉見多了，我和她聊的時候，她總是措辭謹慎細心，但她也認為來日不多了。幾個星期吧，頂多幾個月。茱莉葉和勞伯特聽了很震驚，我也是。他們幾乎每天晚上都打電話給我，我卻沒什麼能告訴他們的。以前，他們會問：「媽媽還好嗎？」可是現在則是問：「今天她到什麼程度了？」而我們都很清楚這個「程度」指的是什麼。這個「程度」，是媽媽抵達終點前所剩的距離，是她距離死亡所剩的時間。真正的問題應該是：「你覺得，媽媽大概什麼時候會死？」這個問題已經不會令我感到突兀，因為我天天也想著這個問題。我們已經走到這個地步了。

媽媽經常生病，她前陣子腎臟發炎，得了重感冒，還染上肺炎。她康復了，但每次狀況都變得更差一些，每次都更瘦、更虛一些。病情一次又一次地抹去僅存的一絲絲她的痕跡。

這三天來，是膀胱發炎。她得服用好多好多種藥，我連是哪些藥都不知道了，也不想知道。

媽媽什麼都不會做了。什麼都不會。她毫無主動反應了。偶爾，她仍有被動反應，或至少她的身體仍有被動反應，也不知是什麼原因引起的。雖然越來越少見，但別人觸碰她時，她有時候仍會緊握或推開，但已經感覺不出任何意圖，只是反射動作而已了。

媽媽對聲音沒有反應，一點反應也沒有了。當然，我仍繼續和她說話。

5 其餘的事

瑪德蓮

那一天的五年後

有狼。
有狼有狼有狼有狼！
有狼！媽媽！
有狼有狼有狼有狼有狼！媽阿阿阿媽！

有三匹狼！

有三匹狼有三匹狼有三匹狼有三匹狼有三匹狼有三匹狼有三匹狼有三匹狼！媽阿阿阿阿阿阿媽！

到處都有狼，到處都有狼到處都有狼到處都有狼，媽阿阿阿阿阿阿媽！媽阿阿阿阿阿阿媽！有狼，媽阿阿阿阿阿阿媽！

可是，那匹狼，牠，咦，那匹狼，不對，有位先生！他在笑？有位先生在笑？

媽阿阿媽……有位先生，有位先生在哈哈笑。

他在哈哈笑。

媽媽。

湯瑪斯

那一天的八年後

每次電話一響，我的心就糾結起來：我心想也許這就是**那通**電話。那通電話，我既畏懼又期待。我經常想，寬慰或悲傷，不知最後的心情到底會是哪一個。

我好慚愧。

人怎麼可以盼望自己所愛的人死去呢？什麼情況下，才有權利盼望這種事情發生呢？在什麼情況下，這樣是可接受的？這樣到底是好還是不好？

好或不好，其實，我從來就分不太清楚。必需說，在這方面，我父親並沒有教我很多；或應該說，他教我的是別對這種事太武斷。當年，我大約十三、十四歲，我清楚記得那天晚上，電視節目請來幾位哲學學者和不同宗教的專家，探討**善與惡**：真是無聊得要命——尤其另一台正播放一部很棒的動作片——可是我父親卻看這番討論看得似乎非常入迷。我請他轉台，說了一次、兩次、五次；央求到第十次時，我忍不住抱怨：「這辯論太無聊了啦，善就是不要做壞事，惡就是沒做好事嘛，還不簡單，我們轉台看電影啦！」當我看到父親去拿遙控器，我還以為是我那番愚蠢的堅持和論調誤打誤撞奏效了；沒想到他的反應並不是我所想的那樣：他只是關成靜音而已。

「很好，你覺得自己很聰明，真的不想聽一聽這場辯論好好思考一下，真的只想轉台？」

「對，拜託啦，你這個節目真的太遜了。」

「很好。那麼我來問你一個問題，給你十秒鐘作答，好嗎？假如你能答出來，我們就看你想看的電影。這樣如何？」

「太好了！但問題不可以太難唷！」

「不會，問題很簡單。注意喔，等我一問完問題，你有十秒鐘時間作答，多一秒都不行！」

「好啦，我懂！問吧。」

「好，聽好。上帝出現在你面前……」

「這開頭不錯。」

「祂彈了一下手指，你忽然來到一個有點老舊的小房間。房間裡有個搖籃，搖籃裡有個小寶寶。」

「搖籃裡有個小寶寶？太驚人了吧，一開始就這麼刺激？」

「別急，你待會兒就不想再搞笑了。上帝又彈了一下手指，你手裡出現一把大刀。是肉販用的那種大剁刀喔，很大一把，利得像刀片一樣。這時候，上帝對你說：『我讓我們穿越時空，來到一八八九年的奧地利。你面前的這個小寶寶，名叫阿道夫・希特勒。再過十秒，我們會回到現在。』你會怎麼做？計時十秒。」

「我必需殺了希特勒？是這樣嗎？」

「我哪知道，等你告訴我呀。八、七、六……」

「可是我不能砍一個小寶寶呀！」

「但這一刀砍下去，你可以拯救上百萬條人命！四、三……」

「等等，可是拜託，小寶寶耶，我……」

「一、零！時間到！」

「你這遊戲很爛耶！這是什麼爛問題！才十秒鐘，我根本來不及想！殺掉希特勒沒問題，可是他還只是個小嬰兒……」

「所以呢？什麼是善？什麼是惡？到底要不要一刀砍死他？」

我完全不知道該怎麼回答。我沉默的同時，他按下遙控器，開啟聲音：

「很好，所以我們繼續看這場討論，或許能對你有幫助。」

後來，我繼續思索這個問題不下上百次。隨著不同的年紀和時期，我經常改變主意。假如這件事真的發生在我身上，大多時候，我依然不知道自己到底會怎麼做，就算在搖籃前待上超過十秒也一樣。

媽媽既不是希特勒也不是個小嬰兒。但我是否有權利盼望她死去呢？或許爸爸能用別的貼切比喻，幫助我想出答案……但願他還在這裡就好了。

可惡，我這才發現，再過不久，我將成孤兒了。

瑪德蓮

那一天的五年後

一，二，三，四，五，六，七，八，九，十。

一，二，三，四，五，六，七，八，九，十。

一，二，三，四，五，六，七，八，九，十。

一，二，三，四，五，六，七，八，九，十。

一，二，三，四，五，六，七，八，九，十。

一隻手。一，二，三，四，五。

另一隻手。六，七，八，九，十。

一，二，三，四，五，六，七，八，九，十。
一，二，三，四，五，六，七，八，九，十。
一，二，三，四，五，六，七，八，九，十。
一，二，三，四，五，六，七，八，九，十。
一，二，三，四，五，六，七，八，九，十。

一隻手。一，二，三，四，五。
另一隻手。六，七，八，九，十。

一，二，三，四，五，六，七，八，九，十。
一，二，三，四，五，六，七，八，九，十。
一，二，三，四，五，六，七，八，九，十。
一，二，三，四，五，六，七，八，九，十。
一，二，三，四，五，六，七，八，九，十。

一隻手。一，二，三，四，五。

另一隻手。六，七，八，九，十。

湯瑪斯

那一天的八年後

媽媽不肯死。然而，她已經不在這裡了，彷彿早已結束了。這裡已毫無她的痕跡，但她的心臟仍繼續跳動。

一如先前所預期的，媽媽不知道該如何進食了。她沒能在落到這個地步之前先離開人世。媽媽仍不死。

媽媽也不知道該如何喝水了。所以也不讓她喝水了，不然她會悶死，因為她的腦袋已經不知道該怎麼處理這個水了；它想要呼吸這個水，那樣媽媽會窒息。

媽媽無法喝水了，所以某方面來說，只好改用吃的。是的，確實如此。他們給她膠狀的水。我想都沒想過世上竟然有這種東西：一小杯一小杯的水，質地像布丁、像果凍，要用湯匙餵她，因為膠狀水比液態水安全一些；起先我不明白，我心想膠狀水也可能讓人窒息呀，但這就是膠狀水的好處：它不至於讓人徹底窒息。唉，當然，受苦仍然是免不了的，會嗆到，嗆得渾身扭曲，但姑且說，有了這種東西，人幾乎不會死。太棒了。

我都不知道自己是否仍愛她了。

每當我看到這個勉強苟活的皮囊，我都不知道自己有什麼感受了。這種感覺實在叫人受不了，它令我反感，我令我自己反感。

死吧，媽媽，快死。我要妳死，我希望妳死，為了妳，也為了我，為了讓我能再次像之前那樣愛妳。

來吧，等我數到三，妳就死掉吧。一……二……三！咦，媽媽，妳怎麼沒死？不，妳沒死，因為妳看起來不肯死的樣子。可是妳如果沒死，那妳又是什麼呢？如果一個人既不是死人也不是活人，那麼他是什麼呢？媽媽，妳到底是什麼呢？

我們再試一次，好不好？數到三喔，一……二……三！

死吧，媽媽，快死，我求求妳。若能讓妳死，我願意少活一點。

瑪德蓮

那一天的五年又六個月後

我滿喜歡這些鴿子。牠們很愛麵包，我把麵包切成小塊，把麵包塊丟給牠們，牠們便搶著吃。有時候，為了搶麵包，還會打架呢。前兩天，我把麵包留在手心裡，有兩隻鴿子飛來我手臂上，直接吃我手裡的麵包，對，真的喔，我手裡有感覺到鴿子的嘴巴，爸爸也在，他就站在我後面，他也有看到！

有時候，牠們沒來，我會覺得很煩，可是我晚一點再來，就看到牠們了。牠們在等我！

我滿喜歡這些鴿子。吃飯的時候，我會替牠們偷藏一點麵包在口袋裡。所以鴿子們為了謝謝我，帶了一個洋娃娃來送我。我原本沒有洋娃娃，因為這些鴿子的關係，我現在有洋娃娃了。他是個男生，脫光光的時候，可以看到他的小鳥鳥。我好喜歡我的這個洋娃娃，這些鴿子真的很好，牠們是全世界最好的鳥，牠們飛去外太空挖星球，需要麵包的時候就飛回來，所以我會餵牠們麵包，我都趁吃飯的時候把麵包偷偷藏在口袋裡，這樣牠們就能在外太空挖得更遠，再帶禮物回來給我。鴿子帶了一個洋娃娃給我，他有小鳥鳥，是個男生，鴿子是全世界最漂亮的動物，比獅子或電視都更棒，謝謝。

6 離開

湯瑪斯

那一天的八年又六個月後

和爸爸那時候一樣。同樣難過，一模一樣。同樣痛苦，痛徹心肺。

跟我事前想像的完全不一樣。沒有如釋重負的感覺，沒有「終於」，沒有「這樣對她比較好」，也沒有「她不用再受苦了」，那些通通沒有。

在得知消息的那一刻，我並不是個清楚意識到母親飽受病魔折磨而被告知她終於解脫了的兒子；我就只是個得知母親噩耗的兒子而已。

一如有所謂的味覺和嗅覺的記憶，也有一種是痛苦的記憶。我的身體回想起了爸爸過世時情形，回想起了那一連串連鎖反應，在電話裡聽到那個聲音說：「先生，很遺憾，您的母親剛剛過世了」的時候，我的身體又產生了一模一樣的反應。首先，失去聽覺和說話的能力，緊接著是失去時間感和空間感，整個人完全騰空了；隨即是波濤洶湧的淹沒，是無窮無盡的巨大悲傷。

身體再也承受不住了。

他們打電話來時，克拉拉也在我身旁，當時是晚上十一點，我們正在看的電影已接近尾聲。電話響起，一看到來電顯示是「安養院」，我當下就知道了，但仍希望只是緊急突發狀況，只是要做某種決定，只是要同意對第N次發炎的肺部進行治療而已。

但不是的。這就是**那通**電話。最後一通。我根本不需要向克拉拉開口，眼淚已經替我說了。我打給茱莉葉，但一個字也說不出來；於是她也開始哭泣。我把電話交給克拉拉，她只說：「到那邊見」，然後我撥了勞伯特的號碼，直接把電話交給克拉拉，她和他一起掉眼淚。我披了件外套，感到好冷。我在一片死寂中把鞋帶綁好，然後我們立刻趕往安養院。

後來的事，我不知道了。

湯瑪斯

那一天的八年又六個月後

車隊一路前往教堂，勞伯特、茱莉葉和我在最前頭，有蠟燭和管風琴，和幾句我無心聆聽的致詞。車隊一路前往墓園，媽媽從此和爸爸永遠長相左右；勞伯特、茱莉葉和我依然在最前面，我們手牽著手，茱莉葉站在中央，小妹站在我們兩人中間這個最安全的位置，她的頭倚靠著一人的肩膀，然後又倚靠另一人的肩膀。偶爾，她會放開一隻手去擦眼淚，但擦完繼續握著手時，可是握得很緊的。茱莉葉呀，她又小又脆弱。

隨後，親戚們來媽媽家裡，按照傳統一起吃個飯，若是想趁天黑前趕回去的人，則簡單喝個飲料。

沒有什麼好聊的，只有眼淚，很多很多眼淚，還有一大堆的「這樣對她也比較好」，但說這話的人什麼也不懂，他們根本不知道這樣對她是否比較好，因為他們並沒有每天、每星期、每個月陪在她身旁，只有最後這幾年打過幾通電話而已。

日子宛如空轉，既不快也不慢，時間扭曲了，忘掉時也許能有幾分鐘喘口氣，但並不能忘掉很久。

夜裡無法真正入睡，經常哭著醒來，但克拉拉的懷抱會安慰你。

克拉拉。

一些文件。一些手續。茱莉葉又回復成茱莉葉了，幹練地一手打理這一切，而且總不忘詢問勞伯特和我的意見。會見律師。花一點錢，一點點而已。房子的事。

然後，有個驚喜。三封信。三個牛皮紙信封，是媽媽幾年前託付給律師的。信封上以她秀麗流線的書寫體字跡，寫了我們三人的名字：每個信封背後各寫了一個名字。我們已經忍不住哭了。媽媽各給我們寫了一封信。

「假如你們想現在就讀，我可以迴避一下，你們可以放心讀信。」

我很想說：「不必了，我們晚點再讀。」但被茱莉葉搶先一步：「好的，麻煩你，真的很謝謝。」律師出去了，我卻不想把信拆開。

「我們輪流唸信嗎？」

「不，茱莉葉。媽媽並不是寫一封信給三個人，而是給三個人各一封信。我覺得應該每個人各自讀自己的信，這樣就夠了。」

「勞伯特，你覺得呢？」

「我贊成湯瑪斯說的。反正，不論信上寫什麼，我也沒辦法大聲唸出來。以後，如果還想要唸的話，再看看吧。」

「好，就這麼辦。」

「好，以後再看看。」

我不但把椅子向後退，還把它轉向牆面。我不想要被他們看見。我先是摸一摸這個咖啡色的小信封；感覺裡面只裝了一張略厚的卡紙，類似祝賀卡那種。我盡可能小心翼翼地拆封，發現裡面的確只有一張卡紙，上面只寫了幾句話而已。沒有長篇大論，沒有滿滿一頁又一頁的愛的字句：媽媽，謝謝。如果是那樣，我會承受不住。

我把卡紙抽出來，一張對摺的薄紙掉落地面：我沒發現信封裡還有這張薄紙。我把它撿起來：是書本的一張印刷頁面。我又看了看信封裡，但沒有別的東西了。我偷偷瞥向我哥哥和妹妹：勞伯特手裡拿著一塊老舊布料，哭得很激動，茱莉葉呢，則正望著一個很小的耳環，激動程度不相上下。我呢，不太明白為什麼會拿到這一頁紙；我把它打開來，才讀一句話就認出來了：是我第一本書的其中一頁。它被裁切得很工整，想必是用刀片裁的吧；頁面略微泛黃了。我迅速翻看正反兩面，但並無特殊之處，沒有註記，也沒有任何特別顯眼的地方。於是我開始閱讀另一手上拿著的卡紙。

我的寶貝湯瑪斯：

再過不久，我便將無法言語，所以我希望留下這個給你，好讓你知道最重要的事。你一定已經認出這一頁了吧。它來自我藏書裡的你的書，是你送我的第一本書，上面有題辭的，你還記得嗎？仔細看看頁面。有沒有看到四個凸凸鼓鼓的地方？有沒有看到四個墨跡有點褪色的小圈圈？這些是我閱讀你作品所灑的最初幾滴眼淚的痕跡。後來也曾再落淚，但這幾滴呀，我永遠不會忘記。我從來沒有流淚流得這麼高興。你知道嗎，我從來沒有這麼驕傲過。這一頁對我好重要好重要……我一定要交給你。希望你留著它，作為對我的紀念。

我的心肝寶貝，我永遠不會忘記你。

愛你的媽媽

尾聲

瑪德蓮

那一天的五年又六個月後

快快睡，乖孩子睡，乖孩子快快睡……快快睡，乖孩子睡，乖孩子很快入睡……我好喜歡我的洋娃娃，他很可愛又很漂亮，我喜歡哄他和唱歌給他聽。睡吧，寶寶，來，睡吧……啊，爸爸來了！

「爸爸，你來了！」

「我……對，我來了……」

「說話別太大聲，他在睡覺。」

「誰在睡覺？」

「哎唷，艾維斯嘛！」

真是的，有時候，這個爸爸真的很誇張耶！這是我可愛的洋娃娃，我的艾維斯，他難道看不出來嗎？

「艾維斯是誰？是妳的小寶寶嗎？」

「才不是啦，爸爸！真是的，胡說八道耶，我還太小，怎麼可能有小寶寶！艾維斯是洋娃娃呀！」

我爸爸很搞笑耶。但以後有一天，我會有小寶寶的，對，等我長大以後！我結婚的時候要穿得像公主一樣，像照片上的媽媽那樣，但還要更漂亮，後面要拖很長很長很長很長的公主蕾絲，我的婚禮上要有鴿子和蛋糕，然後我會生小寶寶，會有真的小寶寶，不是艾維斯這樣的！而且我知道怎樣生小寶寶唷，真的，我知道。

「好吧，來，該走了。」

「去哪裡，去上學嗎？」

「對，沒錯，我們要去一所新學校。」

「我可以帶艾維斯一起去嗎？」

「當然可以。」

「艾維斯，聽到沒？你要跟我一起去上學耶！而且還是新學校唷！」

太棒了！而且還是新學校耶，我就可以告訴他們怎樣可以生小寶寶了，好棒喔！其他那些小朋友，他們一定不知道，我要告訴他們，等我長大以後會是怎樣。等我穿得像公主一樣，有鴿子和有蛋糕那樣結婚以後，我會生我的小寶寶，會是個男生，一個真正的真正的男生。但注意喔，我不會像洋娃娃一樣把他取名叫艾維斯。不會的，假如我有真正的小寶寶，我覺得我應該會叫他，呃……湯瑪斯！

對，湯瑪斯，這個名字很好聽……

小說精選

第一個被遺忘的人

2014年3月初版 定價：新臺幣250元

著者 Cyril Massarotto
譯者 梁若瑜
發行人 林載爵

出版者 聯經出版事業股份有限公司
地址 台北市基隆路一段180號4樓
編輯部地址 台北市基隆路一段180號4樓
叢書編輯電話 (02)87876242轉227
台北聯經書房：台北市新生南路三段94號
電話：(02)23620308
台中分公司：台中市北區崇德路一段198號
暨門市電話：(04)22312023
台中電子信箱 e-mail：linking2@ms42.hinet.net
郵政劃撥帳戶第0100559-3號
郵撥電話：(02)23620308
印刷者 文聯彩色製版印刷有限公司
總經銷 聯合發行股份有限公司
發行所：新北市新店區寶橋路235巷6弄6號2樓
電話：(02)29178022

叢書編輯 程道民
封面設計 許晉維

行政院新聞局出版事業登記證局版臺業字第0130號

本書如有缺頁，破損，倒裝請寄回台北聯經書房更換。 ISBN 978-957-08-4350-7 (平裝)
聯經網址：www.linkingbooks.com.tw
電子信箱：linking@udngroup.com

國家圖書館出版品預行編目資料

第一個被遺忘的人/Cyril Massarotto著．梁若瑜譯．
初版．臺北市．聯經．2014年3月（民103年）．200面．
14.8×21公分（小說精選）
譯自：Le premier oublié

ISBN 978-957-08-4350-7（平裝）

876.57 103000982